Un grand-père tombé du ciel

Le catalogue de la collection « Romans » est disponible
chez votre libraire ou sur simple demande.
casterman
87, quai Panhard-et-Levassor
75647 Paris cedex 13

www.casterman.com

ISBN : 2-203-15810-7

Imprimé en Espagne. Dépôt légal : mars 2006 ; D. 2006/0053/240

Déposé au ministère de la Justice, Paris
(loi n° 49.956 du 16 juillet 1949 sur les publications destinées à la jeunesse).

Yaël Hassan

Un grand-père tombé du ciel

Illustré par Marcelino Truong

casterman

À la mémoire d'Abraham Popowski,
mon père

Remerciements à
Galith, Ilanith, mes filles
Marc
Natacha et Sarah, premières lectrices
Arc'hantael, Alexandre, Antoine
Aurore, Chloé, Judith et Mathieu
qui se reconnaîtront

Y. H.

Paris, le 10 octobre 1995

Cher, très cher Grand-père,

Te souviens-tu ? Tu m'avais offert ce journal intime pour mon douzième anniversaire et je t'avais demandé ce à quoi il pourrait bien me servir...

Un journal intime c'est un ami, un confident, m'avais-tu répondu. On lui confie ses bonheurs et ses chagrins. Ses secrets, aussi. C'est un ami fidèle et muet qui jamais ne te trahira. Et lorsque j'avais répliqué que toi tu étais déjà cet ami, ce confident, et que je n'avais nullement l'intention de te remplacer ni par un stylo ni par un cahier, ton regard s'était légèrement voilé puis, m'effleurant la joue de ta barbe blanche, tu m'avais dit : « Je ne suis qu'un vieil homme et je ne serai pas toujours là, Leahlé. »

À plusieurs reprises, j'ai été tentée de prendre mon journal pour y écrire les événements majeurs de ma petite vie de collégienne, pour y parler de mes coups de cœur, de mes coups de haine aussi. Mais, à chaque fois, mon stylo est resté suspendu au-dessus de la page blanche, muet. Sans doute parce que les gens heureux n'ont pas d'histoires à raconter, comme tu te plaisais à me le répéter. Je n'avais pas vraiment compris à l'époque le sens de cette petite phrase. Il me semble si clair, à présent.

Parfois, je suis prise d'une horrible angoisse : j'ai peur de ne pas t'avoir dit assez souvent combien je t'aimais. Je crois qu'on ne pense jamais à le dire assez à ceux qu'on aime. Cela paraît si évident ! Et pourtant, rien n'est moins évident. La preuve en est que rien n'aura jamais été simple entre nous, et que notre histoire commune ne débuta pas, comme elle aurait pu le faire, par de l'amour et de la tendresse.

1

La nouvelle

J'avais environ dix ans. Fille unique, je vivais au chaud entre papa, ingénieur, et maman, secrétaire. Nous étions seuls, tous les trois, sans famille. Ni oncles, ni tantes, ni cousins, ni cousines, ni grands-parents. « C'est à cause de la guerre », m'avait dit un jour maman, jugeant l'explication suffisante. Comme nous avions beaucoup d'amis, je ne souffrais pas vraiment de cette absence de parentèle. Amis ? Cousins ? Peu m'importait ! Ce qui me contrariait, toutefois, c'était de ne pas avoir de grands-parents, comme la plupart des autres enfants. Parce que inconnue, cette catégorie de l'espèce humaine m'intriguait au plus haut point. Après observation chez des camarades nantis de papis et mamies, j'en avais conclu qu'en général, les

grands-parents ressemblaient fort aux parents sauf qu'ils étaient plus âgés, plus patients, plus *cool*, plus attentifs, plus disponibles, plus généreux et parfois même plus affectueux. Bref, il s'agissait là d'une sorte de parents améliorés par l'expérience et les années ! Bien que je n'eusse alors nullement à me plaindre de l'amour que me portaient les miens, je pensais qu'il m'eût été fort agréable d'avoir ce petit complément d'affection qui est toujours bon à prendre !
Il serait faux de prétendre que cela me perturbait, mais il m'arrivait assez souvent d'avoir un petit pincement au cœur lorsque je voyais les autres en compagnie de leurs grands-parents. Cela dit, je n'étais pas traumatisée par cette absence. Je l'étais même si peu que je n'éprouvais jamais le besoin de demander à mes parents une véritable explication concernant cet état de fait, me contentant de tenir la guerre pour responsable. Il est vrai que j'avais pris l'habitude de ne plus poser trop de questions sur les différences existant entre notre mode de vie et celui de mes camarades d'école parce qu'à chaque fois qu'il m'arrivait de m'étonner, papa ou maman me répondait invariablement : « C'est parce que nous sommes juifs et que chez nous, c'est comme ça. »

À cette époque-là, j'étais à mille lieues d'imaginer que l'avenir s'apprêtait à mettre d'autres couleurs dans ma petite vie tranquille et ordonnée.

C'était un soir semblable à tous les autres soirs. Un soir qui ne me serait jamais resté gravé en mémoire s'il n'avait été celui où maman m'annonça la NOUVELLE. D'ordinaire, lorsqu'elle disait : « Leah, ton père et moi désirons te parler », cela ne présageait rien de bon parce qu'elle enchaînait aussitôt sur « nous avons pu constater, ton père et moi, qu'il règne dans ta chambre un désordre sans nom » ou encore « nous avons pu constater, ton père et moi, que tes notes ont légèrement baissé ce mois-ci ». Je me suis d'ailleurs souvent demandé pourquoi elle dit toujours « ton père et moi », vu que papa ne semble jamais remarquer quoi que ce soit d'anormal et qu'il a l'air fort surpris quand maman nous met au courant de ses découvertes.
Mais revenons donc à ce fameux soir quand elle dit : « Leah, ton père et moi désirons te parler… »
— Qu'est-ce que j'ai encore fait ? ai-je demandé, sur la défensive. Ma chambre est rangée, mes notes sont bonnes et…
— Il ne s'agit pas de cela, Leah ! m'a interrompu

papa, le ton sévère, maman veut t'annoncer quelque chose.
— Voilà, a poursuivi maman visiblement embarrassée, dans environ trois semaines, mon père, ton grand-père, viendra s'installer chez nous.
En toute modestie, je crois être une personne dotée d'une intelligence plus qu'honorable et j'ai, d'ordinaire, la réplique vive et facile. Pourtant, sous le choc, je suis restée plus muette encore que la carpe qu'achète maman pour les fêtes, et l'expression de mon visage devait être tout aussi stupide que celle de ce pauvre poisson.
— Mais il sort d'où, ce grand-père ? ai-je demandé, atterrée, après avoir rassemblé tant bien que mal mes esprits éparpillés.
— Des États-Unis, de New York plus précisément.
— De New York ? Tu as un père à New York et je ne le savais pas ! Mais tu le cachais ou quoi ?
Papa est venu au secours de maman.
— C'est une longue histoire, Leah, ce n'est pas facile à raconter comme ça. Une histoire de grandes personnes, que tu comprendras peut-être plus tard.
S'il est une manie que je déteste chez les parents, c'est celle de penser que leurs enfants sont tellement débiles qu'ils ne sont pas capables de les

comprendre. Attitude tellement ridicule que, finalement, ce ne sont pas eux qui nous expliquent les choses les plus importantes de la vie et qu'ils sont souvent bien étonnés le jour où ils découvrent que l'on sait depuis belle lurette que les enfants ne naissent pas dans les choux !

— Je vois pas ce qu'il y a de si difficile à comprendre dans le fait que j'ai un grand-père ! De plus, je me souviens vous avoir déjà posé cette question. Maman m'avait dit que c'était à cause de la guerre. C'était n'importe quoi, alors ! Et maintenant que j'ai dix ans et demi et bientôt onze, je découvre que non seulement j'ai un grand-père mais qu'en plus il vient s'installer chez nous !

— Tu as raison, Leah, a répondu papa. Je crois que nous avons eu tort. Il n'était pas dans nos intentions de te cacher quoi que ce soit, mais comme nous étions en froid avec lui et que tu ne l'as jamais connu, nous n'avons pas jugé nécessaire de t'en parler. En fait, nous attendions que l'occasion se présente, tout simplement.

— D'accord, concédai-je, magnanime, je vous pardonne ! Mais maintenant, je veux tout savoir !

— Elle a raison, fit papa à l'intention de maman. Il faut lui expliquer.

2

Une brouille regrettable

Alors maman raconta.

— Je ne suis pas née en France, mais aux États-Unis, ce que je crois t'avoir déjà dit d'ailleurs.

— Oui, ça je sais.

— À l'âge de dix-huit ans, j'ai décidé de venir en France pour perfectionner mon français. Ton grand-père, très réticent, m'a autorisée à partir pour un an, mais pas plus. Mais une fois cette période écoulée, je n'avais plus trop envie de rentrer à la maison. J'avais fait la connaissance de ton père, j'aimais la vie ici, les gens et c'était ici que je voulais vivre. Seulement, quand j'ai fait part à mes parents de mon désir de rester en France et de m'y marier, ton grand-père s'est mis dans une colère folle.

— Pourquoi ?

— Parce qu'il voulait me garder auprès de lui, comme tous les parents !

— Et pourquoi vous n'êtes pas partis vous installer là-bas, papa et toi ?

— J'avais une bonne situation à Paris, répondit papa, et je craignais de partir à l'aventure dans un pays qui m'était inconnu. Nous nous sommes donc finalement mariés sans son accord, et il nous en a énormément voulu. Il est vrai que la vie l'avait déjà pas mal écorché. Il était aigri. Il ne nous a pas pardonné. Malgré cela, nous avons continué à lui écrire régulièrement. Il n'a jamais répondu à nos lettres. Quand ta grand-mère est morte, il y a quelques années, maman est partie là-bas pour assister à l'enterrement et tenter de ramener ton grand-père. Il n'a rien voulu savoir, s'obstinant à bouder. Je crois qu'il a toujours espéré que nous changerions d'avis et finirions par le rejoindre. Et puis, il y a un mois environ, il nous a téléphoné pour nous annoncer que finalement il acceptait notre proposition. Maman et moi n'osions y croire. C'est donc à cause de cette brouille regrettable que tu n'as jamais entendu parler de tes grands-parents. Voilà.

— Et tes parents à toi, papa, que sont-ils

devenus ? ai-je alors demandé, espérant soudain les voir ressusciter eux aussi.
— Ils sont morts tous les deux bien avant ta naissance.
— Et mon grand-père américain, il n'est plus fâché alors ?
— Il l'est encore certainement un petit peu mais le fait qu'il ait pris la décision de venir signifie sans doute qu'il est prêt à se réconcilier.

J'étais si remuée par cette brutale découverte que je n'ai même pas pu, ce soir-là, terminer mon dessert, ce qui ne m'arrivait pourtant que très rarement, la dernière fois remontant à une otite mémorable qui m'avait clouée au lit en pleines vacances de Noël !
Après avoir aidé maman à débarrasser la table, je me suis précipitée sur le téléphone. Il ne pouvait être question de garder cette nouvelle pour moi toute seule plus longtemps. C'est Samuel que j'ai appelé en premier. Je sais bien qu'à mon âge les filles ont plutôt une meilleure amie, mais je n'en ai jamais trouvé qui soit susceptible de devenir ma meilleure amie. Samuel, je le connais depuis toujours – il faut dire que son père est le meilleur ami du mien. Je lui dis tout, enfin, presque tout – parce qu'il est vrai qu'il y a des choses qu'un gar-

çon ne peut pas comprendre. Samuel est une véritable mine de bons conseils. C'est fou ce qu'il est calme et réfléchi comparé à moi qui n'étais que tout feu, tout flammes. Je dis « j'étais » parce que j'ai beaucoup changé depuis.

Comme je m'y attendais, Samuel était stupéfait. Il m'a demandé de lui raconter ma petite histoire en détail et de façon ordonnée parce que vu l'état d'énervement dans lequel je me trouvais, il semble que je n'étais pas très claire dans mes explications. Tout au long de mon récit il n'a pas cessé de pousser des « ouah ! » d'étonnement.

Après Samuel, j'aurais bien voulu appeler quelqu'un d'autre, mais aucun nom ne m'est venu spontanément à l'esprit. Les filles de ma classe n'en auraient rien à faire de moi et de mon grand-père tombé du ciel, même si, personnellement, j'avais envie d'apprendre la nouvelle au monde entier ! Maman aussi, sans doute, parce que j'avais à peine raccroché qu'elle s'est emparée du téléphone pour ne plus le quitter de la soirée.

Je me souviens aussi que ce soir-là, je m'étais entraînée à dire « Grand-père » sur tous les tons et de toutes les manières possibles et imaginables. Et, à chaque fois, je sentais comme une douce chaleur m'envahir.

3

L'ATTENTE

Les jours suivants, il y eut à la maison un véritable branle-bas de combat ! J'avoue que ce n'est pas d'une grande gaieté de cœur que j'ai accepté de quitter ma jolie chambre au papier peint parsemé de bouquets de violettes pour une autre bien plus petite, où nous avons eu un mal de chien à caser mes meubles et mon barda. Fille unique je n'étais guère partageuse ; pourtant, je n'ai pas trop rechigné tant la raison de ce déménagement me semblait justifiée. On retapissa ma nouvelle petite chambre de jaune paille, on y accrocha des rideaux assortis et le résultat fut plus que satisfaisant.
Il fallut ensuite songer à l'ameublement de la future chambre de mon grand-père. Papa et maman optèrent pour des meubles rustiques

que je trouvais lourds et tristes, mais personne ne prêta la moindre attention à mon avis, ce à quoi j'étais habituée.
Quand tout fut prêt, il ne nous restait plus qu'à attendre ! Attendre, attendre…
J'essayais souvent d'imaginer la façon dont se déroulerait la scène des retrouvailles entre maman et son père. Mais j'aurais dû savoir que les choses se déroulent rarement de la façon dont on se l'imagine.
Pour me familiariser avec mon grand-père, maman m'a montré quelques photographies de son enfance aux États-Unis. Je trouvais à ma grand-mère l'air triste, la mine apeurée, toute petite et effacée derrière cet homme, droit et raide dans son costume sombre, la moustache épaisse, le front plissé et l'œil sévère.
Si j'avais eu à me choisir un grand-père, ce n'est certainement pas celui-là que j'aurais pris. Il est vrai que les photos n'étaient pas récentes, mais le personnage que je découvrais dans l'album de maman m'intimidait et, au fur et à mesure que la date de son arrivée approchait, mon sentiment d'inquiétude s'amplifiait.
Maman semblait peu désireuse de répondre aux nombreuses questions qui me venaient sans

cesse à l'esprit. De toute façon, je pensais que ma curiosité ne tarderait pas à être satisfaite par mon grand-père en personne. Pourtant, je ne pouvais m'empêcher de revenir sans cesse à la charge.

— Que veux-tu que je te dise ? me lança un jour maman, visiblement excédée par mon insistance. Cela fait très longtemps que je ne l'ai pas vu. Quand j'étais petite, je ne le voyais pas très souvent non plus. Il travaillait dur et quand il rentrait le soir, je dormais. Il n'était pas très bavard et je ne peux pas dire que nous ayons été très proches l'un de l'autre. Je le regrette souvent mais c'est comme ça.

De jour en jour, ce grand-père inconnu prenait un aspect mystérieux et inquiétant qui ne me déplaisait pas. Le conquérir, telle serait ma tâche, me disais-je, séduite par l'aventure ! J'étais loin de m'imaginer alors que cette « séduisante aventure » serait bien plus proche des douze travaux d'Hercule que de la partie de plaisir !

— Ferez-vous une fête ? avait demandé David, le père de Samuel.

— Une fête ? Tu n'y penses pas ! s'était exclamée maman. Mon père n'apprécierait guère !

Dommage ! Une grande fête à l'américaine avec banderoles de bienvenue accrochées aux fenêtres et au balcon ne m'aurait pas déplu ! Il ne me restait plus qu'à détruire discrètement les jolies affiches multicolores portant l'inscription : « *Welcome Grand-père* » que j'avais préparées en secret. Puisqu'il n'était plus question d'en tapisser les portes et les murs, je décidai de marquer l'événement par une attention plus personnelle. Sur une grande feuille de papier Canson, j'ai dessiné un cœur aussi énorme que magnifique que j'ai ensuite colorié à grand renfort de feutres multicolores. « Je le lui déposerai sur son oreiller, ce sera une belle surprise », ai-je pensé en admirant mon œuvre, vraiment ravie du résultat.

— Tu devrais y inscrire quelque chose en anglais, me suggéra Samuel quand je le lui montrai.

— En anglais ! m'écriai-je, bouleversée de n'avoir pas pensé qu'il ne parlait probablement pas notre langue. Mais comment je vais lui parler ?

— Tu apprendras l'anglais, répondit Samuel que rien ne perturbait. C'est pas difficile, tu sais ! En attendant t'as qu'à mettre « *I love you !* », ça veut dire je t'aime.

— Merci ! *I love you*, tout le monde sait ce que ça veut dire !

Fort heureusement, maman, interrogée un peu plus tard, m'a rassurée.

— C'est vrai que cela fera très longtemps qu'il n'aura pas parlé français, il ne l'a jamais très bien parlé d'ailleurs, mais il devrait se débrouiller ! Ne te fais pas de soucis à ce sujet.

Il n'aurait plus manqué en effet que nous ne parlions pas la même langue !

4

TRISTES RETROUVAILLES

Pour préparer l'arrivée de Grand-père, maman avait pris deux semaines de congé pendant lesquelles elle fut fort occupée. Elle se donnait tant de mal pour que tout soit parfait ! L'appartement fut récuré, briqué, astiqué. Puis elle s'est attaquée à la cuisine, préparant à manger comme pour un mariage. Quand elle eut terminé, il aurait été impossible d'ajouter une épingle dans le frigo !

Le grand jour pointa enfin son nez ; une tension extrême pesait sur la maison.

Dans de telles circonstances, il arrive bien souvent que l'on crise sur le premier venu et sous n'importe quel prétexte. Ce qui n'a pas manqué de se produire lorsque, enfin prête à partir pour l'aéroport, je suis sortie de ma chambre.

— Tu n'as pas l'intention d'aller accueillir ton grand-père dans cette tenue ? s'est écriée maman, la mine si horrifiée que l'on aurait pu croire que j'avais enfilé un pagne et planté une plume sur ma tête !
Non : j'étais en jeans et T-shirt propres, et je ne comprenais vraiment pas ce qui la choquait tant.
— Tu t'habilles comme ça tous les jours ! Tu pourrais mettre une jupe et un chemisier pour une fois !
— Une jupe et un chemisier ? Mais j'en ai même pas, de jupe et de chemisier ! J'en porte jamais ! Et j'ai horreur d'être en jupe ! Tu devrais le savoir depuis le temps que tu me connais !
— Leah, épargne-moi ton humour, veux-tu ? Je pense que ce n'est ni le jour ni le moment de plaisanter ! Va te mettre quelque chose de plus élégant !
— Mais je ne plaisante pas, maman ! Si tu voulais que je me déguise pour aller accueillir mon grand-père, il fallait me prévenir avant !
— Deborah ! Nous allons être en retard ! Elle est très bien comme ça ! intervint papa qui servait toujours de médiateur entre maman et moi et qui tombait vraiment à pic.
Durant le trajet, nous sommes restés silencieux,

chacun plongé dans ses pensées, étrange mélange d'angoisse, de curiosité et d'impatience. Finalement, nous sommes arrivés en avance et il nous a fallu attendre encore deux bonnes heures avant que son avion se pose.

J'ai tout de suite reconnu l'homme qui se dirigeait vers nous. Il n'avait plus de moustache, mais sa barbe et ses cheveux blancs n'atténuaient en rien la sévérité de ses traits, la froideur de son regard bleu ciel. Aucun sourire n'illuminait son visage. Le baiser sec qu'il me déposa sur la joue me fit l'effet d'une gifle et je sentis un frisson me parcourir l'échine…
Ma déception fut immense.
Même si, pourtant, j'avais vaguement pressenti que les choses se passeraient ainsi. Comment aurait-il pu en être autrement alors qu'il lui avait fallu tant de temps pour se décider à faire la connaissance de sa seule et unique petite-fille ?
Qu'elles étaient tristes, ces retrouvailles !
Le trajet du retour à la maison ne fut guère plus animé que celui de l'aller. De temps en temps, et comme s'il allait les chercher au plus profond de son esprit, papa lui posait des questions sur son voyage, sa santé. Grand-père répondait à

peine et du bout des lèvres. Puis, un silence gêné s'installait à nouveau. Maman fit quelques tentatives aussi, sans plus de résultats. J'avais hâte d'arriver à la maison, car je me disais que chacun de nous était un peu intimidé et que l'ambiance ne tarderait pas à se dégeler, surtout lorsqu'il découvrirait mon dessin sur son oreiller.
À peine arrivé à la maison, Grand-père nous dit qu'il désirait se reposer. J'allais l'accompagner dans sa chambre quand le regard de papa a freiné mon élan. Lorsque maman a réapparu, après un long moment, j'ai vu qu'elle avait pleuré. Aucun commentaire ne fut fait quant à mon dessin, ni ce soir-là, ni jamais.

Les jours suivants me confortèrent dans l'idée que j'avais eu raison de m'inquiéter, et bien tort d'espérer quoi que ce fût. Il était tel que sur ses photos dans l'album de maman. C'était un personnage grognon, querelleur, égoïste et peu aimable. En fait, ce n'était pas un grand-père, mais un tyran !
Rapidement, maman devint taciturne, elle aussi, et cessa de chanter dans la cuisine. Papa semblait perpétuellement mal à l'aise, faisant de

vains efforts pour trouver des sujets de conversation. Nos dîners, d'ordinaire si animés, devinrent carrément lugubres. Quelques semaines de sa présence avaient suffi à changer totalement l'atmosphère de la maison. Papa et maman prirent l'habitude de chuchoter, la radio et la télé ne jouaient plus qu'en sourdine et nous devînmes tous tristes à faire pleurer les clowns. Bref : bonjour l'ambiance ! J'avais l'impression de vivre un mauvais rêve et je me disais que ce n'était vraiment pas juste, que je n'avais pas mérité ça.

« Sois patiente avec ton grand-père, il a tant souffert ! » me répondaient papa et maman à chaque fois que je m'étonnais de son comportement.

— Ce n'est pas parce qu'on a souffert qu'on a le droit de faire souffrir les autres ! me suis-je exclamée un jour, excédée.

Maman baissa les yeux et soupira. Ce fut sa seule réponse.

Les premiers temps, je ne le voyais que très peu. Il partait dès le matin avec maman, qui le déposait je ne sais où. Son chapeau enfoncé sur la tête, il grommelait un vague « Au revoir » puis disparaissait et je ne le revoyais plus de la journée. Le soir, il arrivait en même temps que papa et maman, parfois même plus tard, juste pour se mettre à table. Il pouvait bien passer son temps à vadrouiller, ça m'était complètement égal, ça me convenait même parfaitement. Ainsi, quand je rentrais de l'école, je n'avais pas à affronter ses humeurs ou ses silences pesants.

Des premiers mois de notre cohabitation, je garde un souvenir désastreux. J'avais l'impression que jamais je ne me ferais à sa présence. À chaque fois que ses yeux bleus se posaient sur moi, je sentais mon sang se glacer dans mes veines et mes cheveux se hérisser. Rien ne semblait l'émouvoir, ni l'affecter. Je pensais alors qu'il avait le cœur plus dur et plus froid que le marbre de la table du salon !

Heureusement que Samuel était là pour me remonter le moral, même s'il m'énervait un peu à tenir le même langage que mes parents.

Avec la venue de l'hiver, les choses ne s'arrangèrent pas du tout. Bien au contraire, puisque mon grand-père prit la fâcheuse habitude de rester calfeutré à la maison. Désormais, en rentrant de l'école, je le trouvais installé au salon où il s'était approprié le fauteuil de papa. Il levait à peine le nez à mon arrivée. J'avais l'impression d'être invisible. Je goûtais dans la cuisine puis j'allais m'enfermer dans ma chambre pour y faire mes devoirs, évitant ainsi de pénibles tête-à-tête.

Je sais reconnaître mes torts et ne suis pas très fière de mon attitude d'alors. J'avoue qu'à cette époque je n'ai guère mis du mien pour tenter d'arranger les choses. Mais j'étais petite encore ! Si j'avais été plus grande, j'aurais su poser les bonnes questions, j'aurais pu comprendre ce qui n'allait pas entre nous. Au lieu de cela, je persistais à tenir mes distances. Et lui les siennes. Aucun rapprochement ne semblait alors possible et j'en souffrais réellement. Seulement, personne ne s'en apercevait.

truong

5

Le début des hostilités

Grand-père changea brutalement d'attitude un soir, alors que nous étions en train de dîner et que je rendais compte à mes parents de ma journée à l'école ainsi que j'en avais l'habitude : Monsieur, dont je n'avais guère jusqu'alors entendu la voix, reprocha à mes parents de ne pas m'avoir enseigné les bonnes manières !
Un comble ! Je m'attendais bien sûr à ce que mes parents s'insurgent aussitôt devant tant de perfidie ! Mais non ! Papa fit comme s'il n'avait rien entendu et maman piqua du nez sur son assiette en rougissant comme une petite fille prise en défaut.
C'en était trop !
— Et tu peux me dire pourquoi je suis mal élevée ? lui demandai-je, rouge de colère et bien obligée de me faire mon propre avocat.

— *Ine* petite fille bien élevée ne parle pas à table et la bouche pleine, dit-il dans son français tordu et son accent indéfinissable.
— Excuse-moi, mais on n'est plus au Moyen Âge ! Le dîner est le seul moment de la journée où nous pouvons parler... Chez nous, c'est comme ça, et si ça te plaît pas...
Maman ne me laissa même pas terminer ma phrase et me demanda de présenter immédiatement des excuses à mon grand-père. Estimant que je n'avais aucun tort et que je disais en fait tout haut ce que eux pensaient tout bas, je refusai de m'exécuter. Papa me pria alors de quitter la table et d'aller dans ma chambre. Par je ne sais quel miracle de volonté, je parvins à retenir mes larmes de rage, mais je leur donnai libre cours la porte à peine refermée. Papa s'était toujours attaché à m'enseigner les valeurs humaines qu'il estimait essentielles : Équité, Tolérance, Altruisme... Et voilà que moi, sa propre fille, j'étais victime de la plus criante des injustices et qu'il n'avait rien trouvé de mieux que de m'humilier devant mon grand-père, lui, le responsable de tout ! Je me souviens avoir pleuré longtemps ce soir-là et les avoir tous détestés aussi. Plus tard, papa s'est glissé dans ma chambre, très probablement pour

me présenter des excuses, mais j'ai fermé les yeux et fait semblant de dormir. Je l'ai entendu repartir en soupirant.
Je pris alors une ferme résolution. Il ne pouvait être question pour moi de laisser mon grand-père faire la pluie et le beau temps chez moi, sous mon toit. J'avais besoin de parler, de rire, de chanter à tue-tête si l'envie m'en prenait et de m'amuser. Et sous son regard sans cesse critique et réprobateur, je n'y arrivais plus. Il me semblait que ma vie serait à jamais triste et grise comme la pluie qui glisse sur les carreaux. Je détestais la pluie, l'automne, l'hiver et le froid. Or, à ses côtés, j'avais l'impression d'avoir toujours froid.

Puisqu'il n'était plus question d'aborder le sujet « Grand-père » avec papa et maman, je me tus plutôt que de me faire rabrouer systématiquement.
— C'est ton grand-père, ne l'oublie pas ! me lança un jour maman alors que je n'avais rien dit ou fait. J'aimerais que tu fasses preuve d'un minimum de gentillesse et d'affection à son égard. Je n'aime pas beaucoup le ton hargneux sur lequel tu t'adresses à lui ! Tu devrais être

heureuse de l'avoir retrouvé. Cela aurait pu ne jamais se produire, il aurait pu mourir, seul, loin des siens, sans t'avoir connue ! Qu'attends-tu donc de lui ? Ce n'est ni un compagnon de jeux ni un ami ! C'est ton grand-père, un vieil homme blessé qui tente de finir ses jours calmement. Et ce bonheur, c'est à nous de le lui procurer, même si cela implique des sacrifices.
J'étais pourtant fermement convaincue que nos rapports n'avaient rien de normal et que je n'étais absolument pas responsable de ça. De plus, je ne croyais pas un seul instant qu'il voulait vivre « calmement ». En fait, c'était la guerre qu'il voulait, et il l'aurait ! M'avouer vaincue d'avance ne me ressemblait pas, tout comme il n'était pas dans mon tempérament de me laisser faire. J'étais prête à tout pour arriver à mes fins ! Trouver sans cesse des excuses à son comportement comme le faisaient papa et maman ne me semblait pas du tout être la bonne stratégie. Plus ils me disaient que la vie ne l'avait pas épargné, qu'il avait beaucoup souffert, plus je persistais dans l'idée que cela ne lui donnait pas le droit d'être désagréable, mesquin ou méchant.
À compter de ce jour, celui de notre première dispute, nos silences furent remplacés par de

véhémentes discussions. Et j'aimais autant ça. Le plus drôle c'était que tout se passait dorénavant lorsque nous étions seuls. En présence de papa et maman, nous affichions la plus parfaite des indifférences l'un envers l'autre. Notre guerre n'avait certes rien d'atomique mais elle me pompait pas mal d'énergie. C'était à celui qui serait le plus inventif. Nos propos se firent virulents, acides. Nous passions notre temps à nous invectiver. Il critiquait en vrac mes faits et gestes, mes tenues, mon éducation. Je me moquais de sa façon de parler, de s'habiller. Il mettait du sel dans mon bol de chocolat, me piquait mon walkman dont il mettait le casque à l'envers, s'en servant comme d'un stéthoscope. Je lui cachais ses lunettes, son journal. Il disait que j'étais insolente et méchante. Je lui répondais que j'avais de qui tenir.
Le pire c'est que nous prenions goût à nos disputes. Je l'ai même surpris une fois à me guetter par la fenêtre puis faire semblant d'être profondément plongé dans son journal. Puis, un jour, je l'ai trouvé devant les grilles de mon collège, l'air de passer par là tout à fait par hasard.
— Oh, Leah, qu'est-ce que *ti l'as faire* là ? me demanda-t-il.

— Comme si tu ne savais pas que c'est mon école ! répondis-je aimablement.
— C'est *tone* école, ici ? Non, je savais pas. Je me promenais, c'est tout. Pas la peine d'être en colère. Je m'en *vas*, voilà ! dit-il en s'éloignant.
— Tu t'en vas où, Grand-père ?
— À ma *maisone* !
— Je te signale que ta maison c'est aussi ma maison. C'était même ma maison avant d'être la tienne. Et si tu n'y vois pas d'inconvénient, j'y rentre aussi !

Plus question de m'enfermer dans ma chambre pour y faire mes devoirs. Désormais, je m'installais au salon et y mettais la musique à fond. Au début, il se retranchait dans sa chambre en claquant la porte, mais peu à peu, il sembla se faire à mon vacarme et reprit possession du fauteuil de papa.
— Vous avez l'air de mieux vous entendre, Grand-père et toi, me dit un soir maman.
— Pas du tout ! Mais j'ai décidé de ne plus me laisser marcher sur les pieds, voilà tout !
— Dommage, j'avais espéré qu'avec le temps, tu parviendrais à l'apprivoiser !
— L'apprivoiser ! C'est tout à fait ça ! Je crois que

le plus sauvage des ours serait plus facile à apprivoiser que lui !
— Allons, Leah ! Ne parle pas ainsi. Il ne le mérite pas. La vie ne l'a pas épargné et même s'il te paraît un peu ours, je suis sûre qu'il t'aime beaucoup, répondit maman.
— Aimer ? Est-ce qu'il sait seulement ce que ça veut dire ? continuai-je, boudeuse. Et cesse de dire que la vie ne l'a pas épargné ! Vous n'avez que cette expression à la bouche, papa et toi ! La vie, elle n'épargne personne si tu veux savoir.
— Il faudra que je t'explique certaines choses, un jour. Mais tu es encore trop jeune pour les comprendre.
— Trop jeune, trop petite ! Mais c'est pas parce qu'on est des enfants qu'on comprend rien ! Moi je peux tout comprendre quand on m'explique. Quand vous m'avez raconté pourquoi vous étiez fâchés avec Grand-père, j'ai très bien compris. Vous auriez pu le faire avant. C'était pas très compliqué ! Non, au lieu de ça, vous m'avez même pas dit qu'il existait, celui-là. Remarque, vu comme on s'aime, j'ai rien perdu.
— Ne te fâche pas, Leahlé ! Si je ne te parle pas de certaines choses c'est parce que je préférerais que ce soit ton grand-père qui le fasse. Il

s'agit de sa vie, ce serait donc à lui de te la raconter, non ? Ce n'est sans doute pas encore le moment. Et cesse donc d'être toujours en colère, tu n'étais pas comme ça, avant !

— C'est vrai, j'étais pas comme ça avant ! Mais avant, justement, j'étais heureuse, hurlai-je avant de m'enfuir dans ma chambre pleurer.

Oui, j'étais en colère. Cette façon qu'ils avaient d'entourer le passé de mon grand-père du plus opaque des mystères m'exaspérait au plus haut point. Puisqu'il était évident pour tous que la conduite de mon grand-père provenait de ce mystérieux malheur, la moindre des choses n'eût-elle pas été de m'en parler ?

6

UNE ÉTRANGE PHOTO

Avec le printemps, il reprit ses anciennes habitudes, celle notamment de disparaître des journées entières sans dire jamais où il allait. Maman m'expliqua qu'il avait toujours été solitaire et qu'il passait probablement son temps à se balader dans Paris.
Il lui arrivait de m'attendre aux grilles du collège, parfois, puis assez souvent. Nos ardeurs guerrières s'étaient atténuées, mais nous n'en étions pas encore à fumer le calumet de la paix. Côte à côte, silencieux, nous remontions la longue avenue bordée de platanes qui mène à la maison. Nous goûtions face à face. Tandis que je buvais mon chocolat chaud, Grand-père dégustait son thé en l'aspirant à grand renfort de claquements de langue et autres bruits étranges, ce

qui avait le don de m'agacer prodigieusement. Il se plongeait ensuite dans la lecture de son journal, tandis que je faisais mes devoirs sur la table de la salle à manger. Parfois, je sentais son regard se déposer sur moi, mais il détournait la tête lorsque je cherchais à le rencontrer. Il était si froid, son regard, si bleu, si limpide, et si beau aussi ! Je n'insistais pas, ayant enfin admis qu'il fallait laisser au temps le temps de faire les choses. Si ce que j'éprouvais pour lui n'était pas encore de la tendresse, je me rendis compte que j'avais enfin cessé de le détester. Il m'intriguait et m'attendrissait à la fois. Quand il lui arrivait de s'endormir sur son journal, je lui ôtais ses lunettes qui jouaient à l'équilibriste sur le bout de son nez, mais je ne les cachais plus ; je les posais devant lui, en évidence.
Un mercredi après-midi, à mon grand étonnement, il me proposa une balade aux Buttes-Chaumont, que j'acceptai sans hésitation. Nous marchions côte à côte quand, au moment de traverser la rue, il m'a pris la main et l'a lovée au creux de la sienne, chaude et protectrice. Mais il l'a lâchée sur l'autre trottoir.
Sur le chemin du retour, alors que nous n'avions pas échangé le moindre mot, c'est moi qui,

m'enhardissant soudain, ai glissé ma main dans la sienne. Cette fois, il l'a gardée jusqu'à la maison en me la serrant fort, très fort. J'avais mal, tant il me la serrait, mais je ne l'aurais pas retirée pour tout l'or du monde. Pourquoi n'arrivions-nous pas à nous parler ?
Quel était ce malaise qui nous retenait ?
Cependant, l'atmosphère changeait à la maison. Les choses redevenaient presque comme avant. Maman, plus détendue, se remit à chantonner. Le soir, papa et Grand-père jouaient aux échecs. Nous reprîmes nos conversations habituelles en dînant sans que plus aucun reproche ne me soit fait. Il y prenait même part désormais, devenant plus loquace. Maman semblait si heureuse ! Nous devenions une vraie famille. Les amis, qui s'étaient momentanément effacés pour ne pas gêner nos retrouvailles, réapparurent. Et Grand-père semblait prendre goût à nos réunions bruyantes, aux discussions animées des adultes et aux rires des enfants.
Un soir, il me dit :
— Leah, va me le chercher les *linettes* dans ma chambre, s'il vous plaît !
Depuis son installation chez nous, je n'avais jamais remis les pieds dans mon ancienne chambre. Je

truong

ressentis une étrange sensation en y pénétrant. Il y flottait une légère odeur d'eau de Cologne. C'était son odeur, celle qui me revient encore aux narines lorsque je pense à lui en fermant les yeux. Sur sa table de nuit, à côté de son étui à lunettes, il y avait une vieille photo jaunie dans son cadre. J'eus du mal à le reconnaître, tant il y était jeune et différent. C'est le mot, oui, sur cette photo, Grand-père était « différent ». En l'observant bien, je m'aperçus que cela venait de l'expression de son visage, que je ne lui avais jamais vue. Pourtant, il n'y avait aucun doute possible ; cet homme souriant, c'était bien lui. Sa main reposait sur l'épaule d'une jeune femme assise, tenant sur les genoux une fillette. Grand-mère et maman, probablement. Non, cette jeune femme-là, grande et fière, n'avait rien à voir avec cette grand-mère que j'avais vue dans l'album de photos de maman. Mais alors, la petite fille n'était pas maman… Cette idée surgit aussitôt comme une évidence : vu la façon dont elle était habillée, ça ne pouvait pas être elle. La photo était visiblement trop ancienne. Perplexe, je me mis à l'examiner de plus près, et une nouvelle découverte me fit l'effet d'une gifle : cette petite fille, c'était moi…

— Cela aussi fait partie des secrets de ton grand-père, me répondit maman lorsque je l'interrogeai. Je n'ai pas le droit de les trahir. Il t'en parlera lui-même, j'en suis sûre.
— Mais maman, dis-moi au moins si c'est moi sur la photo ? C'est pas trahir un secret, ça !
— Non, Leah, ce n'est pas toi. Tout ce que je peux te dire, c'est que cette petite fille s'appelait aussi Leah.
Ainsi, cette femme et cette petite fille faisaient partie du passé mystérieux de mon grand-père. Elles étaient probablement à l'origine de cette souffrance dont maman m'avait parlé. Au bas de la photo, il y avait le nom d'un studio parisien. Cela voulait dire que Grand-père avait vécu à Paris avant de partir aux États-Unis. Pas très longtemps sans doute, vu son accent bizarre.
Cette découverte était importante, je le savais. J'étais encore loin de la réalité, mais je venais de mettre le doigt sur la toute première pièce du puzzle, et j'étais fermement décidée à le reconstituer par moi-même puisque personne ne voulait coopérer.

Paris, le 25 octobre 1995

Cher, très cher Grand-père

Raconter notre histoire me prend énormément de temps. Je m'y attelle chaque soir, à peine mes devoirs terminés, et j'y consacre parfois plusieurs heures. C'est drôle, mais c'est en écrivant que me reviennent certains détails que je croyais oubliés, comme si tu me les soufflais à l'oreille. Quand j'écris, j'ai l'impression que tout recommence, que le temps ne s'est pas écoulé. Parfois, je ris ; parfois, je pleure.

Mon stylo court tout seul sur le cahier. Je ne cherche ni les phrases, ni les mots. Ils viennent d'eux-mêmes comme s'ils n'attendaient que ça en fait. Mais je me rends compte aussi comme il m'est difficile d'exprimer mes sentiments. Parfois, j'ai l'impression que les mots n'existent pas pour parler de ce que l'on ressent au plus profond de soi. « Trouver le mot juste, celui qui exprime de la manière la plus vraie la tendresse, l'amour, la dou-

leur, est un exercice difficile », nous a dit un jour notre prof de français. Elle avait bien raison. Parler de quelqu'un que l'on aime profondément, c'est vraiment compliqué. En fait, c'est en fermant les yeux que je me sens le plus proche de toi. Tu me disais souvent que pour bien comprendre les gens, il faut pouvoir les regarder avec les yeux du cœur et non ceux de la tête. Ça non plus, ce n'est pas évident. Mais je m'entraîne, rassure-toi, et je suis sûre que je finirai par y arriver. J'en suis « sire », Grand-père.

7

L'ANNIVERSAIRE

Avec le recul, j'ai l'impression que nous avons longé tous deux un chemin semé d'embûches. Comme des explorateurs, nous avons mené notre mission à bien et regagné le port enrichis de la plus merveilleuse des expériences. Ce n'est pas sans peine que nous sommes parvenus à avoir un véritable échange. Je ne peux m'empêcher de sourire en écrivant ces lignes, sachant que par la suite parler deviendrait notre principale occupation. Je pense que notre difficulté à communiquer venait de notre inexpérience : après tout, il n'avait jamais vécu son état de grand-père auparavant et moi, je n'avais été la petite-fille de personne.

— C'est quoi l'accent de Grand-père ? ai-je un jour demandé à papa.

Pour satisfaire ma curiosité, j'avais trouvé une nouvelle méthode qui consistait à interroger papa et maman à tour de rôle et toujours séparément.

— C'est un mélange de yiddish, de polonais, de français et d'anglais. Un sympathique cocktail, tu vois !

— Et c'est quoi exactement comme langue, le yiddish ?

— C'est le patois que parlaient les juifs originaires d'Europe centrale. C'est un mélange d'allemand et d'hébreu. Ce sera bientôt une langue morte. Très peu de gens le parlent encore. C'est dommage, conclut papa tristement.

Quand il venait me chercher à l'école, ce qu'il faisait de plus en plus souvent, nous cheminions côte à côte, muets. J'avais beau me creuser la tête, je ne savais pas de quoi l'on pouvait parler à un grand-père. Il ne me facilitait pas la tâche ! Si au moins il m'avait posé des questions ! J'aurais pu lui parler de l'école, de mes copains et copines, des films que j'aimais. Mais les mots restaient coincés au fond de ma gorge. J'aurais bien aimé qu'il me parle de lui, de sa vie en Amérique, de ses secrets aussi. Mais jamais je n'avais encore osé l'interroger directement.

— *Ti* as passé *ine* bonne journée ? me demandait-il invariablement.
— Oui, Grand-père, et toi ?
— *Voï*. *Ti* as bien travaillé en classe ?
— Oui, ça a été.
— *Biene*, répondait Grand-père.
Puis nous nous taisions parce que c'est tout ce que nous arrivions à nous dire.

« Le hasard fait bien les choses », dit un dicton. Bien souvent aussi, les agissements de certaines personnes mal intentionnées ont des conséquences différentes de celles escomptées. C'est ce qui se passa avec Claudia, une des filles de ma classe, le jour où elle m'invita à son anniversaire. Elle n'était ni mon amie ni même une copine. Juste une fille de ma classe que je n'appréciais pas plus que ça parce que je la trouvais bêcheuse et ennuyeuse au possible. Toutefois, comme la majorité de la classe, j'avais accepté son invitation. Mais la veille même de son anniversaire, à peine embarrassée, Claudia m'annonçait que finalement elle aimait autant que je ne vienne pas. Très étonnée, j'ai bien sûr exigé des explications et, devant mon insistance, elle a fini par me lancer :

— C'est pas moi, c'est ma mère qui veut pas !
— Ta mère, mais pourquoi ? Elle ne me connaît même pas ! Je ne l'ai jamais vue, moi, ta mère !
— Mais qu'est-ce que t'es lourdingue ! N'insiste pas, elle veut pas, elle veut pas !
— Mais bien sûr que j'insiste. Pourquoi moi ? Et pas les autres ?
— Tu veux savoir ? C'est à cause de ton nom.
— De mon nom ? Mais qu'est ce qu'il a, mon nom ?
— Ma mère dit que Leah Weiss, c'est un nom juif.
— Mais bien *sire* que c'est un nom *jvif*, dis-je alors, si verte de rage que je me sentis obligée de prendre l'accent de mon grand-père. Et alors, qu'est-ce que ça change ?
— Eh bien, ma mère dit que ce sont les Juifs qui ont tué Jésus. Et en plus, elle n'aime pas trop les étrangers, tu vois.
Sur ce, Claudia tourna les talons en me laissant plantée là, au beau milieu de la cour de récré.
Je n'y comprenais rien, à son histoire. Qu'est-ce que j'avais à voir, moi, avec la mort de Jésus ? Et je ne suis pas étrangère, je suis née à Paris, et puis ça changeait quoi, ça aussi ?

Quand Grand-père vint me chercher ce jour-là au collège, il vit immédiatement que ça n'allait pas fort.

— Qu'est-ce qui se passe, Leah ? *Ti* as eu *ine* mauvaise note ? me demanda-t-il.

— Non, Grand-père. J'ai rien de grave, un peu de peine, c'est tout.

— Mais je veux pas que tu as peine. Raconte !

À la fin de mon histoire, Grand-père fulminait. Jamais je ne pourrai oublier sa colère. Il avait même repris sa tête des mauvais jours, celle qu'il avait quand il était arrivé chez nous et qu'il avait depuis remplacée par une autre bien plus aimable.

— Le pire, Grand-père, c'est que finalement j'ai pas vraiment compris ce qu'elle me reproche.

— Qu'est-ce que *ti* as pas compris, Leah ? Ils sont antisémites et en *plisse* ils sont xénophobes, voilà ! Comment c'est possible qu'il existe encore des gens comme ça, *aujourd'hvi*, après tout ce qui s'est passé ? En *plisse*, c'est les *Romaines* qui ont tué Jésus, et pas les *Jvifs*. Et *ti* diras à elle que Jésus était *jvif*, lui aussi. *Pitete* qu'elle le sait pas, ça ! *Ti* vas me donner le *nome* de cette fille, je vais aller la voir sa *mame*, et je vais lui dire *sone* vérité !

— Oh non, Grand-père, je t'en prie, ne fais pas ça ! Elle n'en vaut pas la peine et j'en ai rien à faire de son anniversaire ! Tu sais, c'est pas mon amie. C'est même quelqu'un que j'aimais pas trop. J'ai accepté son invitation comme ça, sans réfléchir. Ce qui me peine, c'est pas le fait de ne pas y aller, mais les raisons pour lesquelles je n'irai pas. Tu comprends, Grand-père ?
— *Voï*, je comprends ! Je suis pas *ine* imbécile, *ti* sais. Mais c'est pour le *prinecipe* ! *Ti* sais quoi ? Toi aussi *ti* vas faire *ine* anniversaire et *ti* vas pas inviter cette méchante-là !
— Mais c'est pas mon anniversaire, Grand-père !
— Ça fait *riene*, on va faire comme si c'était anniversaire !
Cette conversation, notre toute première et vraie conversation, se poursuivit ce soir-là à table, avec papa et maman. Jamais je n'aurais cru Grand-père si bavard. Il était très en colère, en fait, et sa colère à lui n'avait rien à voir avec ce que j'avais ressenti. Pour moi, ce n'était qu'une simple dispute avec une fille sans aucune importance. Mais pour Grand-père, ça prenait des proportions dingues ! Papa et maman eurent un mal fou à le dissuader d'organiser un faux

goûter d'anniversaire chez nous et de n'y inviter que des « étrangers ».
— Ça ne réglerait rien, papa ! C'est d'une bonne leçon que ces gens ont besoin, lui expliqua maman.
— *Voï* ! Ils ont *besoine* d'*ine* bonne leçon ! Je vais mettre *ine* bombe chez eux, dit Grand-père alors que j'éclatais de rire.
— Mais enfin, papa ! Ne dis pas des choses comme ça devant la petite, elle va croire que tu es sérieux ! On n'est pas des terroristes, tout de même !
— Mais je suis sérieux ! *Voï*, je peux être *ine* terroriste, si je veux ! Hein, Leah ? me dit-il en me faisant un clin d'œil discret devant la mine affolée de mes parents. On va faire *ine* très joli *paquette* cadeau, comme cadeau d'anniversaire, avec *ine* gros *nie* et on va mettre *ine* bombe dedans. Si ça c'est pas *ine* bonne *leçone*, c'est quoi *ine* bonne *leçone*, alors ?
C'est ce jour-là que je découvris l'extraordinaire humour dont pouvait faire preuve mon grand-père. Il était ce que l'on appelle un « pince-sans-rire » ; il pouvait sortir des énormités sans l'ombre d'un sourire et on ne savait jamais s'il était sérieux ou s'il plaisantait.

— Les enfants ne sont pas responsables de la bêtise de leurs parents, poursuivit papa imperturbable alors que j'étais prise de fou rire. Ils ne font que répéter ce qu'ils entendent chez eux.
— De qui s'agit-il, Leah ? Je la connais ? demanda maman.
— C'est Claudia Fabri, parvins-je à dire entre deux hoquets.
— Claudia Fabri ! s'écria papa. Mais bien sûr qu'on les connaît. On est même clients de leur pressing !
— Fabri, c'est *ine nome française* ? demanda Grand-père déchaîné.
— Non, ils sont d'origine italienne, je crois, répondit papa.
— *Italienes*, hein ? Alors, ils sont *étrangères*, eux aussi ? fit Grand-père.
— Je vous en prie. N'entrons pas dans le jeu de ces gens-là. Je passerai un coup de fil au principal du collège dès demain. Un bon cours d'instruction civique s'impose, il me semble, conclut papa qui voulait mettre un terme à cette conversation.

Si cette histoire les contraria, j'en fus, quant à moi, finalement tout à fait ravie. Grâce à

Claudia, nous étions désormais capables d'avoir tous ensemble une véritable complicité. Nous commencions à ressembler à la famille idéale dont j'avais rêvé quand j'avais appris l'arrivée de mon grand-père.
Merci, madame Fabri !

8

La dame de la photo

Au mois de septembre, à l'approche de nos fêtes du nouvel an juif, maman passe souvent de longues heures à la cuisine, à la confection des plats rituels et traditionnels. J'ai toujours adoré l'odeur qui flotte dans la maison ces jours-là, la nappe blanche, la vaisselle des grandes occasions, les chandeliers d'argent. Malgré le fait que nous n'ayons jamais été très pratiquants, papa a toujours eu à cœur de respecter les fêtes les plus importantes. Ainsi, je ne vais jamais à l'école le jour de Yom Kippour[1] et durant la semaine de Pessah[2], je ne mange ni pain ni féculent. Je sais que beaucoup de familles juives

1. Le Grand Pardon, le jour de l'expiation, jour de jeûne, dix jours après le nouvel an.
2. La Pâque juive, fête commémorant la sortie d'Égypte.

sont bien plus pratiquantes que la nôtre mais cela ne m'a jamais dérangée, considérant que chacun vit sa religion à sa manière. Cette année-là, pour la toute première fois, Grand-père allait passer les fêtes avec nous. Maman avait mis les petits plats dans les grands. Elle semblait si heureuse à cette idée. Mais, alors que nous nous apprêtions à partir pour la synagogue, Grand-père s'installa confortablement dans son fauteuil, alluma sa pipe et se mit à lire tranquillement son journal.
— Tu ne viens pas à la syna, Grand-père ? lui ai-je demandé.
— La syna ? *Vousse is la syna* ?
— La syna, c'est la synagogue, la *shul*, en yiddish. Les jeunes disent comme ça, lui répondit maman en riant.
— Non, mademoiselle Leah, moi je vais pas à la syna !
— Mais pourquoi ?
— *Ti* veux que je te dise pourquoi ?
— Ben, oui !
— Parce que Dieu est *ine* salopard !
J'en suis restée bouche bée, clouée sur place, sans voix, l'air aussi idiot que celui de la carpe farcie qui nous attendait dans le frigo. Il a même

fallu que papa me prenne par la main et m'entraîne vers la porte, tant j'étais choquée.
En chemin, nous avons rencontré Samuel et ses parents.
— Salut, Leah. T'as l'air bizarre, quelque chose ne va pas ? C'est encore ton grand-père qui te fait des misères ? Tiens, il vient pas à la syna d'ailleurs ?
— Non.
— Pourquoi, il n'est pas juif, lui ? lança-t-il, pensant faire de l'humour.
— C'est malin ! Non, tu ne devineras jamais ce qu'il m'a sorti quand je lui ai demandé pourquoi il ne voulait pas venir avec nous. Il m'a dit : « Dieu est *ine* salopard. »
— Ah bon ? s'écria Samuel en éclatant de rire.
— Tu trouves ça drôle, toi ?
— Non, Leah, mais c'est la façon dont tu l'imites qui est drôle. Écoute, s'il t'a dit ça, c'est qu'il a probablement ses raisons.
— C'est ça, défends-le, mais je te jure que si tu me dis toi aussi qu'il a dit ça parce qu'il a souffert dans la vie, je t'adresse plus jamais la parole !

Malgré cet incident, les fêtes se déroulèrent dans la plus parfaite harmonie. Maman s'était surpassée et la carpe farcie se révéla délicieuse, Grand-père fit de gros efforts pour être aimable et y parvint fort bien. Je fus tentée de lui demander des explications concernant la manière dont il jugeait Dieu, mais je me rendis compte que le moment était mal choisi. Je fus d'ailleurs la première étonnée par mes progrès en matière de diplomatie.

Mais, décidément, Grand-père n'aimait pas les fêtes, qu'elles soient juives ou chrétiennes. Il se renfrogna aux premières guirlandes et illuminations de Noël. C'est vrai que chez nous, nous ne fêtons jamais vraiment Noël, mais j'en aime l'ambiance, la cohue des grands magasins, les vitrines, les sapins scintillants et la chaleur humaine qui s'en dégage. C'est ce que je tentai de lui expliquer.

— Tu sais, Grand-père, lui ai-je dit, je crois que pour beaucoup de gens, Noël n'est qu'une belle fête avec plein de cadeaux. Quand j'étais plus petite, j'étais vraiment malheureuse de ne pas le fêter. Remarque que j'aime beaucoup Hanouka[1], c'est même la fête que je préfère. Quand j'ai

1. Fête célébrant le miracle de l'huile, qui brûla pendant huit jours dans le Temple lors de la révolte des Maccabées contre la Syrie en 168 av. J.-C. À l'occasion de cette fête, il est coutume de donner de l'argent ou des cadeaux aux enfants.

raconté à mes copains que chez nous, pour Hanouka, on allume chaque jour une bougie et à chaque bougie on reçoit un cadeau, je te dis pas la tête qu'ils ont fait.
Alors Grand-père m'a souri puis, après un long silence, il m'a dit :
— *Ti* sais Leah, avant que Jésus il invente le christianisme, les *jvifs* ils avaient déjà pas mal de problèmes. Et voilà qu'*ine* jour, *ine gentille petite* gars *jvif*, *bonne*, *généreuse* et qui rêvait d'un monde meilleur, partit prêcher la bonne parole. Tout ce qu'il voulait c'était répandre l'amour de Dieu sur la terre. Il n'avait que des bonnes *intentiones*. Eh *biene* maintenant, le pauvre Jésus dans sa tombe, il doit danser la samba en voyant qu'au *nome* de ce qu'il a créé, on a massacré *sone* peuple, celui de ses parents et d'autres peuples encore ! Il ne voulait pas ça, *cet* brave Jésus. C'était pas sa faute, à lui. Mais moi je dis que Noël c'est pas *ine* fête pour nous, les *Jvifs* !
Il était comme ça, Grand-père, la tête pleine d'idées bien arrêtées, que je découvrais peu à peu. Et, tout doucement, par des mots, des allusions, des bribes de conversations, je sentais que Grand-père finirait par parler de ce passé qui le suivait à la trace, accroché à ses pas, au point

d'influer sur chacun de ses actes, chacune de ses pensées. Mais j'étais si impatiente de tout savoir, de tout connaître de lui. De vagues allusions ne me satisfaisaient pas. Il fallait que je sache ! Je ne pouvais me résoudre à l'aimer tel quel, avec ses humeurs, ses silences et son mauvais caractère. Je poursuivais donc mes investigations, persistant à poser des questions auxquelles on ne répondait pas, fouinant çà et là dans les albums pour y découvrir la trace de la femme et de la fillette de la photo, tentant d'établir notre lien de parenté. Mais j'avais beau me sentir une âme de détective, je n'osais pas pour autant passer aux choses sérieuses, c'est-à-dire fouiller dans sa chambre pour y trouver de nouveaux indices.

Cela faisait plus d'un an qu'il était arrivé, et si nous passions déjà beaucoup de temps ensemble, il continuait toutefois à sortir seul sans nous dire où il allait. Je crois qu'il aimait bien se donner un genre mystérieux.

Par un pluvieux mercredi après-midi, alors qu'il était d'excellente humeur et qu'il ne semblait pas avoir l'intention de sortir, je décidai de prendre mon courage à deux mains et de l'interroger.

— Grand-père, parle-moi un peu de toi, s'il te plaît.

Il m'a lancé un regard étonné par-dessus ses lunettes, puis il est retourné à la lecture de son journal, faisant comme s'il ne m'avait pas entendue.

— Grand-père, ai-je insisté, réponds-moi !

— Qu'est-ce que *ti* veux que je dise de moi ? Il n'y a *riene* à dire de moi, dit-il d'un ton un peu énervé.

— J'aimerais en savoir un peu plus, c'est tout. J'aimerais que tu me parles de ta vie en Amérique, de Grand-mère que je n'ai pas connue.

— Et pourquoi *ti* es si curieuse, hein ? *Ti* peux me dire ?

— Je ne suis pas curieuse, je tiens juste à te connaître mieux. C'est important pour moi.

— Ta *mame* ne t'a pas parlé de ça ?

— Non. Elle me dit toujours que c'est à toi de m'en parler.

— J'aime pas parler de moi, remuer les vieux souvenirs, Leah. Il faut pas vivre avec vieux souvenirs, ça sert à *riene*. Quand ils ne sont pas *bonnes*, il faut les effacer de la mémoire, parce que sinon ça fait très mal à soi-même et aux autres. J'ai compris tout ça, il y a longtemps, Leah. Alors, je me tais, je raconte pas.

— Parle-moi juste de Grand-mère alors.

— Ta grand-mère, dit-il en soupirant, était petite femme très gentille, très douce. J'aimais beaucoup elle et j'ai eu *ine* gros *chagraine* quand elle est morte. Elle a eu *ine* vie pas facile avec moi ! Personne n'a eu *ine* vie facile avec moi.

— Et la dame de la photo, qui est-ce ?

— La dame de la photo ? s'étonna-t-il alors que son regard se voilait. *Ti* as vu la photo dans ma chambre ?

— Oui, tu te souviens, tu m'avais demandé d'aller te chercher tes lunettes ? C'est là que je l'ai vue.

— La dame de la photo, je peux pas t'en parler, Leah. Pas maintenant. Demande-moi ce que *ti* veux savoir sur Grand-mère, sur ta mère quand elle était *pitite*, je te dirai. Mais cherche pas à gratter le passé. Regarde devant toi, c'est mieux. Tu sais, c'est pas pour *riene* que Dieu a demandé à Loth de fuir Sodome qui allait être incendiée sans se retourner et de regarder devant lui ! Dieu est *ine* salopard, c'est vrai, mais la *Toyre*[1] est riche en enseignements comme celui-là.

1. En hébreu « Torah », l'Ancien Testament.

— Dis donc, pour quelqu'un qui déteste la religion, tu es vachement au courant tout de même ?
— *Voï*, la religion je suis tombé dedans quand j'étais *petite*. C'est bien comme ça que *ti* dis, non ? *Riene* ne remplace la connaissance, Leah. Alors d'abord *ti* apprends, ensuite *ti* fais le tri et seulement ensuite *ti* choisis. Mais on ne choisit *biene* que lorsqu'on connaît *biene* ! Si tu veux, on lira ensemble la *Toyre*. C'est *ine* très joli livre.
— À quoi bon le lire si tu dis que Dieu est un salopard ?
— Moi, je dis ça ! Mais c'est pas parce que moi je dis ça, que toi, *ti* dois être d'accord avec moi. C'est là mon avis *toute à faite* personnel. Mais toi, *ti* dois te faire ta propre idée de la religion. Si *ti* as envie de pratiquer, *ti* as le droit de le faire. Je peux pas te le reprocher. C'est même *ine* chance énorme d'avoir ce droit, Leah. Avant, on n'avait pas le droit, *ti* sais ça, quand même ?
— Tu parles de la guerre, Grand-père ?
— *Voï*, bien sûr que je parle de la guerre. *Ti* croyais pas que je te parlais de l'Antiquité ? J'y étais pas, moi ! Leah, est-ce que *ti* sais un peu ce qu'on a fait aux *Jvifs* pendant la guerre ? Est-ce qu'on t'apprend ça à l'école ?
— Pas à l'école, parce que c'est pas encore à mon

programme, mais j'ai vu des films, j'ai lu des livres. J'ai même lu le *Journal* d'Anne Frank. Je sais ce qui s'est passé. Mais peut-être que je sais pas tout. Peut-être que toi tu sais tout et que tu pourrais me raconter ?

Grand-père m'a regardée un long moment, puis il s'est levé, a mis son imper et son chapeau et il est sorti, sans un mot.

Je n'étais guère plus avancée, mais je sentais que j'avais franchi là un pas important. J'avais enfin trouvé le courage de le questionner. J'avais même osé parler de la photo. Maintenant que le pli était pris, ce n'était plus qu'une question de patience.

9

Les amis de Grand-père

Nous étions au mois de juin. Après les cours, Grand-père et moi allions nous balader aux Buttes-Chaumont. Il aimait particulièrement cet endroit. Nous nous asseyions alors sur un banc, toujours le même, et son esprit s'évadait aussitôt. Je restais silencieuse, n'osant troubler ses pensées. Ses yeux s'embuaient parfois. Furtivement, il essuyait une larme d'un revers de main, pensant que je ne le voyais pas. Lui qui ne cessait de me dire qu'il vaut mieux ne pas vivre dans le passé et regarder toujours devant soi, je crois que ce n'était pas du tout ce qu'il faisait. Et s'il avait accepté de partager sa peine, je suis persuadée qu'il en aurait beaucoup moins souffert.
Quand il ne m'emmenait pas aux Buttes-Chaumont, nous allions nous promener au

cimetière du Père-Lachaise, autre endroit qu'il semblait énormément apprécier.

— Mais c'est un cimetière, Grand-père ! me suis-je écriée horrifiée, la première fois que nous y sommes allés.

— *Voï*, et alors ? *Ti* n'aimes pas les cimetières, Leah ? Regarde comme il fait calme ici ! Regarde comme c'est beau ! Moi, j'aime bien venir là. Ça me repose. Ça me permet de réfléchir, aussi.

Malgré ses fréquents accès de mélancolie, Grand-père avait profondément changé et il ressemblait de plus en plus au grand-père dont je rêvais. J'avais l'impression que peu à peu, il sortait d'une sorte de carapace encombrante dont il ne savait plus que faire. Il devenait tendre et affectueux. Même envers maman, il changea totalement d'attitude, comme s'il voulait rattraper le temps perdu. Il la traitait et lui parlait comme on le fait aux enfants, la grondant si elle oubliait de mettre son écharpe ou ne finissait pas ce qu'elle avait dans son assiette ; au lieu de s'en agacer, elle en paraissait infiniment heureuse.

Et la fameuse assiette vide ! Voilà un des aspects du caractère de mon grand-père qui m'énervaient prodigieusement. Il ne supportait pas que

nous laissions la moindre miette dans notre assiette. Quand il avait fini de manger dans la sienne, on aurait pu croire qu'elle n'avait jamais servi tant elle était propre. Le jour où je lui en fis la réflexion, il me répondit, l'air grave :
— Quand on a eu très *faime* dans sa vie, on ne peut supporter de voir gâcher *le* nourriture.
J'étais sur le point de lui demander de plus amples explications, quand, me voyant venir, il m'annonça d'un ton très solennel :
— Leah, demain après-midi, fais-toi très belle parce que je vais te présenter à mes amis.
C'est fou cette manière qu'il avait de me surprendre !...
— Quitte ton air de *gefilte fish*[1] et fais attention de pas venir avec cette tête-là, demain. *Ti* me ferais honte.
— Tes amis ? Tu as des amis, ici, Grand-père ? lui demandai-je.
— *Voï*, j'ai moi aussi des amis ! Depuis que je suis revenu en France, je vois mes amis souvent.
L'occasion était si belle que je ne pus m'empêcher de la saisir au vol.

---

1. « Poisson farci », généralement de la carpe, mets traditionnel des fêtes du nouvel an et de la Pâque chez les Juifs originaires d'Europe de l'Est.

— Revenu en France ? Ça veut dire que tu habitais déjà en France avant ?
— Bien *sire* que j'habitais déjà avant en France ! Comment *ti* le crois que je parle si *biene* le français ?
— Si bien, si bien… répondis-je taquine et assez fière d'avoir fait un nouveau petit pas. Mais tu habitais où ?
— Justement, je vais te le montrer *demaine*, si tu veux venir avec moi.

Fier, il semblait si fier, Grand-père, le jour où il me présenta à ses amis avec qui il avait rendez-vous dans un café de la place Gambetta ! En chemin, il me dit :
— Voilà Leah, ici c'est mon *ancienne* quartier. On habitait là-bas, un peu *pli* haut, *rie* des Amandiers, au 78. La maison n'existe plus.
— On ? Qui ça, « on » ?
— Leah, pourquoi *ti* es si curieuse ? *Ti* es de la police ?
— Non, détective privé seulement. Allez, raconte Grand-père, je t'en prie !
— Pas maintenant Leah. Pas maintenant. Tiens d'ailleurs, on est arrivés.
Dans la salle du fond, Grand-père et moi fûmes

accueillis par un petit groupe de personnes âgées qui se mirent à pousser un concert de Oh ! et de Ah ! ajoutés à un tas d'autre mots en yiddish que je ne compris pas. On m'embrassa et on félicita Grand-père qui, le silence revenu, procéda aux présentations.

— Leah, voici Isaac Sherman, Salomon Tenenboïm, Jacob Kahn et sa femme, Tsiporah. Les amis, je vous présente ma petite-fille, Leah.

Très intimidée, je m'installai sur la banquette à côté de Grand-père.

— Ainsi c'est toi, *le* petite *bandite* qui cache les *linettes* de son grand-père ? me dit M. Tenenboïm en fronçant ses sourcils.

Il avait le même accent que grand-père !

— Et c'est toi aussi qui lui caches *sone* journal ? fit M. Sherman en clignant des yeux comme s'il était ravi de cette audace.

— Mais laissez-la tranquille, gronda alors Mme Tsiporah, en parlant tout à fait normalement, elle.

C'était une très jolie vieille dame. Ses cheveux blancs, qu'elle portait en chignon, avaient des reflets bleutés. Et lorsqu'elle souriait, ses joues se creusaient de fossettes, ce qui lui donnait un air presque enfantin.

— Bonjour, Leah, me dit-elle, Alex nous a beaucoup parlé de toi. Nous avions hâte de te connaître. Tu veux boire quelque chose ?
— Oui, un Coca s'il vous plaît, madame.
— Tsiporah, appelle-moi Tsiporah, ma chérie.
— C'est un joli nom.
— Ça veut dire « oiseau » en hébreu.
Et tandis que mon grand-père discutait en yiddish avec les trois messieurs, Tsiporah se pencha vers moi et me dit à l'oreille :
— Comment ça va avec ton grand-père, Leah ?
— Pas terrible ! Enfin, ça va beaucoup mieux qu'avant remarquez, parce que, avant, on se détestait, on ne pouvait pas se voir ! Mais il est si mystérieux, si bizarre parfois, que je ne sais jamais à l'avance comment il va réagir. J'ai toujours peur de le vexer ou de lui faire de la peine.
— En tout cas, je peux te dire que lui il t'adore, même s'il ne te le montre pas. Il n'a jamais été très démonstratif, Alex.
— Sans doute, mais tout ça me semble si compliqué. En fait, rien n'est simple avec lui. Moi aussi, je crois que je l'aime, maintenant. Enfin, je sais que je l'aime parce que s'il décidait de repartir en Amérique je serais très malheureuse. Mais je ne sais pas comment m'y prendre avec lui.

— Patience, Leah ! Tu as déjà fait énormément pour lui. Il a beaucoup changé depuis son retour à Paris, et c'est grâce à toi.
— Vous le connaissez donc depuis longtemps ?
— Oui, depuis très longtemps.
— Je peux vous poser une question, madame Tsiporah ?
— Pose toujours. Alex nous a dit que tu es une petite fille très curieuse. Mais ce n'est pas toujours un défaut, rassure-toi !
— Pourquoi Grand-père refuse de me parler de son passé ? Qu'y a-t-il de si terrible ? Vous le savez, vous ? C'est quoi, son secret ?
— Écoute, ma chérie, dit alors Mme Tsiporah, posant sa main sur la mienne, aux drames, aux malheurs qui parfois jalonnent une vie, chacun réagit différemment. Certains parlent et extériorisent, d'autres écrivent et d'autres se taisent, craignant de rouvrir des plaies jamais cicatrisées...
Je n'entendis pas le reste de la phrase. Quand Mme Tsiporah déposa sa main sur la mienne, mon attention fut aussitôt attirée par un tatouage qu'elle avait sur le bras gauche. C'était un numéro gravé dans sa chair à l'encre bleue. Grand-père s'écria au même moment :

— Vous avez bientôt fini vos messes basses, toutes les deux ? Fais attention, Tsiporah, cette *pitite* est *ine questionneuse*, *ine* véritable inspecteur de police !
Tout le monde se mit à rire. Ils étaient si gentils, les amis de Grand-père ! M. Tenenboïm me dit qu'il avait une petite-fille de mon âge qui vivait en Israël, dans un kibboutz[1] ; M. Kahn me montra des photos de sa famille et M. Sherman me demanda ce que je voulais faire plus tard, quand je serais grande.
— Historienne, lui ai-je répondu.
— Je vous ai dit qu'elle était *ine* curieuse.
Quand Mme Tsiporah s'est plainte de ne pas voir assez souvent ses enfants et petits-enfants, je me suis dit que, lorsqu'on a la chance d'avoir des grands-parents, il fallait être bien bête pour ne pas passer le plus de temps possible en leur compagnie. Mais je le pensai seulement, sans le leur dire, pour ne pas leur faire de peine. Avant, je parlais souvent à tort et à travers, ne réfléchissant pas plus loin que le bout de mon nez. Grand-père disait souvent : « Avant de parler, Leah, il faut tourner sept fois

1. Exploitation agricole communautaire en Israël.

sa langue dans sa bouche. Comme ça, *ti* es *sire* de ne pas dire de bêtises ! »

— Pourquoi tu n'invites jamais tes amis à la maison ? lui demandai-je sur le chemin du retour.

— Je veux pas déranger ton *pape* et ta *mame*.

— Mais cela ne les dérangerait pas. Au contraire, je suis sûre que maman serait ravie de les connaître !

Et c'est ainsi que Tsiporah, M. Sherman, M. Tenenboïm et M. Kahn prirent l'habitude de venir prendre le thé à la maison. Je les adorais tous les quatre, mais c'est Tsiporah que je préférais. J'aurais bien voulu qu'elle soit ma grand-mère, mais côté grands-parents, je n'avais vraiment plus à me plaindre…

10

LA SORTIE DE FIN D'ANNÉE

À la fin de l'année, le collège organisait une sortie. Il fallait quelques parents volontaires pour nous accompagner.
Quand j'en ai parlé à la maison, Grand-père s'est proposé sans hésiter. Encore une fois, j'en restai bouche bée, les yeux écarquillés, incapable d'émettre le moindre son.
— *Ti* ne veux pas que je *vienes* ? s'est-il exclamé alors, sans nul doute déçu par ma réaction.
— Oh si, Grand-père ! Bien au contraire ! Mais t'es sûr d'en avoir envie ?
— *Voï*, je suis *sire*.
— C'est que nous allons à Euro Disney, c'est un parc d'attractions et…
— Disney ? Je sais très *biene* ce que c'est, m'interrompit-il. J'ai connu Disney avant même

que tu naisses ! Je n'y ai jamais emmené ta *mame*, poursuivit-il la voix enrouée par une émotion soudaine. Alors j'irai avec toi, ici, si *ti* veux *biene*.

Le matin de la sortie, je ne pus m'empêcher d'éclater de rire en le voyant. Un vrai touriste américain, avec casquette, banane et appareil photo !
Jamais je n'oublierai cette journée-là tant elle fut merveilleuse ! Élèves, parents et profs furent immédiatement séduits par son humour, sa verve, son enthousiasme ! Il ressemblait à un petit garçon, écarquillant les yeux, poussant des soupirs de bonheur à chaque attraction, s'attendrissant dans ce monde de poupées, s'émerveillant de chaque chose. Toute la journée, je ne le quittai pas des yeux pour ne surtout pas perdre le moindre instant de ce nouveau bonheur qu'il m'offrait.
Il avait le rire communicatif, un rire que j'avais découvert depuis si peu de temps et que j'aimais par-dessus tout !
Il riait et faisait rire tout le monde. Tout au long du trajet, dans son accent inimitable, il ne cessa de raconter des histoires drôles, juives pour la

plupart. Je me souviens que le prof qui nous accompagnait en riait aux larmes.
— Vous êtes impayable, monsieur Katz, disait-il !
— Impayable ? Si *ti* veux, *ti* peux me payer, répondait Grand-père.
J'étais si heureuse et si fière à la fois qu'il soit mon grand-père ! Mais c'est ce jour-là, alors que je m'y attendais le moins, que je découvris la deuxième pièce du puzzle.
Il faisait chaud et il avait ôté son blouson. Comment ne l'avais-je jamais vu auparavant, ce numéro gravé sur son bras ? Un numéro comme celui de Tsiporah, tatoué en bleu.
Le soir même, j'appelai Tsiporah au téléphone.
— Il faut que je vous parle, mais pas à la maison, lui ai-je dit.
— D'accord, Leah. Veux-tu que je t'attende demain à la sortie de l'école ?
— Mais demain, c'est le jour du café place Gambetta, non ?
— Oui, justement, comme ça nous aurons tout le temps de papoter toutes les deux. Pour une fois, ces messieurs se passeront de moi, conclut-elle en riant.

Elle était au rendez-vous.

— Si on allait chez *Angelina* prendre un bon chocolat chaud ? me proposa-t-elle.

Tout au long du chemin, nous avons parlé de choses et d'autres. Je ne savais pas encore très bien comment j'allais aborder le sujet qui me tenait à cœur.

— Alors, fit-elle, quand nous fûmes installées devant nos chocolats fumants, qu'est-ce qui te tracasse tant, Leah ?

— Euh… Comment se fait-il que… vous n'ayez pas d'accent quand vous parlez français ?

Tsiporah se mit à rire.

— C'est pour me demander ça que tu voulais me voir en secret ? dit-elle d'un air malicieux. Mais je vais répondre à ta question, avant de passer aux choses sérieuses. Je n'ai pas l'accent yiddish parce que je suis née à Paris, tout simplement, alors que ton grand-père, Jacob, Salomon et Isaac sont nés en Pologne et ne sont venus en France que bien plus tard. Je suppose que ton grand-père t'a expliqué que là-bas, dans les shtetl[1], les gens ne parlaient pratiquement que le yiddish, même pas le polonais.

---

1. Village.

— Non, c'est papa qui m'a expliqué ça. Grand-père, lui, ne m'explique rien du tout, et c'est bien ça le problème. En fait, Tsiporah, je voulais que vous me parliez de ce numéro que vous avez sur le bras, parce que Grand-père en a un, lui aussi, et j'ai pas osé lui demander d'où ça venait.
— Ça, ma petite Leah, répondit Tsiporah en soulevant sa manche, c'est un souvenir de triste mémoire ; c'était mon matricule à Auschwitz. Tous les déportés le portent. Tu as entendu parler d'Auschwitz ?
— Oui, c'était un camp de concentration comme Bergen Belsen, où est morte Anne Frank. Je connais le nom des camps parce que, à la syna, le jour du souvenir des déportés, le rabbin les cite tous dans la prière. Ce que je ne savais pas c'était que mon grand-père aussi avait été déporté. Mes parents ne me l'ont jamais dit.
— Voilà, tu sais à présent. Pour ton grand-père, je ne t'en dirai pas plus ; il finira bien par te raconter tout ça un jour. On finit toujours par en parler, tôt ou tard. Moi, c'est ce que j'ai fait quand je suis revenue de là-bas. Mais personne ne semblait vouloir m'écouter. Alors je me suis tue pendant très longtemps. Mais dès que mes enfants ont été en âge de comprendre, je leur ai

raconté, parce que je pensais qu'il était de mon devoir de le faire.
— Tsiporah, je suis très très heureuse que vous soyez pas morte là-bas, vraiment, lui dis-je la gorge serrée.
Tsiporah m'embrassa. Cette rencontre est restée un secret entre nous. Elle n'en a jamais parlé à personne. Moi non plus, jusqu'à aujourd'hui.

11

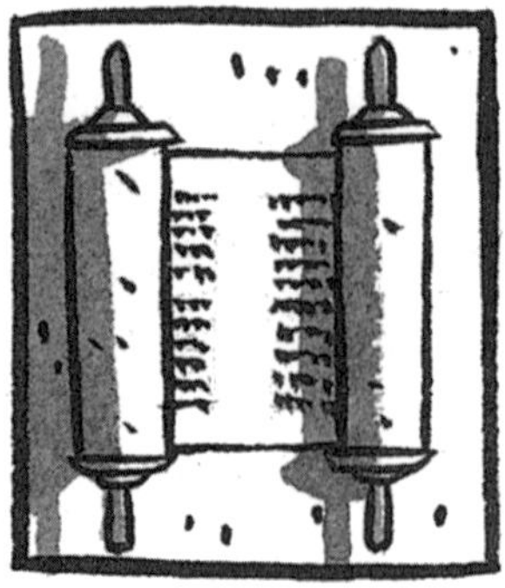

Des vallées de larmes

Pour Rosh Hashana[1], Grand-père avait encore refusé de nous accompagner à la synagogue. À la veille du Yom Kippour qui vient juste après, alors que maman allumait les bougies du souvenir, Grand-père s'approcha d'elle et lui tendit deux autres bougies :

— Une pour Deborah et une pour Leah, murmura-t-il d'une voix à peine audible.

— Deborah et Leah ? m'étonnai-je. Tu veux que nous allumions une bougie pour maman et une autre pour moi ?

— Leah, ne pose pas de questions aussi stupides ! chuchota papa, visiblement très tendu.

— Laisse la *pitite*, Joseph ! Elle ne peut pas

1. Le nouvel an juif.

savoir. Je lui ai pas dit ! Viens, Leah, dit-il en me faisant signe de m'installer à côté de lui sur le canapé, le moment est venu de parler de la photo.
Mon cœur s'est mis à battre à tout rompre dans ma poitrine.
— Voilà, la femme s'appelait Deborah et la petite fille, Leah, comme toi. C'était ma femme et ma petite fille, il y a longtemps.
— Elle sont mortes, Grand-père ?
— *Voï*, mortes.
— Comment ?
— Déportées.
— Déportées ?
— *Voï*, à Auschwitz. Moi aussi, j'étais là-bas, mais je suis *reveni*. La mort n'a pas voulu de moi. Elle m'a juste pris ma femme et ma toute petite fille, dit-il d'une voix tremblante.
— Ce numéro sur ton bras, c'est à Auschwitz qu'ils te l'ont fait ?
— *Voï.* En arrivant là-bas, on n'était déjà *pli* des hommes, mais du bétail. *Pli* de *nome*, *pli* de *pré-nome*, *pli* d'identité. Juste *ine noumero* gravé *sir* le bras.
Nous sommes restés silencieux un long moment.

Maman pleurait. Grand-père aussi. Puis il est allé dans sa chambre et il en est revenu avec son châle de prières sur les épaules, sa calotte sur la tête et un livre à la main. Maman a allumé les bougies du souvenir et Grand-père a lu la prière dans son livre. Ensuite, il s'est tourné vers moi et m'a dit :

— Alors, on y va à la syna ?

Je crois n'avoir jamais été aussi fière que ce soir-là en me rendant à la synagogue. Je marchais à côté de Grand-père et, en chemin, il semblait ne plus pouvoir s'arrêter de parler.

— *Ti* vois, Leah, pourquoi je dis que Dieu est *ine* salopard. Il nous a tourné le dos, à nous, les *Jvifs*. Il n'a pas trouvé le chemin d'Auschwitz. Il nous a abandonnés, là-bas. Il n'était pas là non *pli*, quand les *jvifs* mouraient massacrés dans les pogroms[1] en Russie et en Pologne. *Figuire*-toi que mon père était rabbin et j'ai grandi avec Dieu à la *maisone*. On s'entendait *biene*, Lui et moi, au *débit*. J'avais même de longues conversations avec Lui, je lui demandais son avis et des conseils. Mais *depoui* que je suis *reveni*

1. Mot russe désignant les mouvements antisémites, souvent organisés par les autorités, et qui donnaient lieu à des massacres et des pillages.

d'Auschwitz, sans Deborah et sans Leah, j'ai *perdi* le chemin de la foi et de la synagogue. Je n'y allais *pli*, et surtout pas à Yom Kippour car ce jour-là ce n'est pas les hommes qui doivent demander *pardonne* à Dieu mais *biene* le contraire.

— Alors, aujourd'hui, Grand-père, pourquoi tu as accepté de venir ?

— Parce que *aujourd'hvi*, je crois que je suis un peu moins fâché contre Lui, m'a-t-il répondu en serrant très fort ma main dans la sienne.

Ce soir-là, à peine avais-je fermé les yeux que l'image de la petite Leah de la photo se mit à danser devant moi. Je suis sortie de mon lit et, voyant de la lumière filtrer sous la porte de sa chambre, j'ai chuchoté à travers la serrure :

— Grand-père, tu dors ?

— Si je dormais comment j'aurais pu t'entendre ? me fit-il en ouvrant la porte. Et toi, pourquoi *ti* dors pas ?

— J'arrive pas.

— Et qu'est-ce que *ti* veux de moi encore ?

— Que tu me racontes.

— Je savais *biene* que je m'en tirerais pas comme ça avec toi. *Ti* sais que *ti* es *ine pitite* ennuyeuse.

Et pourquoi c'est toujours moi qui dois raconter ? Raconte, toi !
— D'accord.
Et je me mis à raconter…
Quand j'étais petite, je croyais que je n'avais pas de grands-parents et j'étais un peu jalouse de ceux qui en avaient. Je crois que le plus beau jour de ma vie a été celui où maman m'a annoncé l'arrivée d'un grand-père américain. On ne peut pas imaginer comme j'étais contente ! Je lui avais dessiné un grand cœur multicolore que j'avais déposé sur son oreiller et j'avais marqué à l'intérieur : *I love you*. Jamais il ne m'a remerciée. Je ne comprenais pas pourquoi il semblait si peu

m'aimer. J'avais imaginé mille fois la scène de ses retrouvailles avec maman. Mais rien ne s'est passé comme je voulais. Jamais il ne m'a prise sur ses genoux, jamais il ne m'a serrée dans ses bras. Il semblait si... loin de nous. Et moi, j'avais envie de lui dire : « Mais regarde donc autour de toi ! Ne vois-tu pas comme la vie est belle, ne sens-tu pas le parfum des fleurs, la caresse du soleil, n'entends-tu pas les oiseaux chanter et ne vois-tu pas que tout près de toi vit une petite fille, ta petite-fille, et qu'elle a tant besoin de ton amour ? »

— Pourquoi les choses se sont-elles passées de cette façon-là, Grand-père ?

— Leahlé, dit-il alors, m'appelant ainsi pour la première fois, *ti* as raison, je suis *ine mauvaise* grand-père. Je n'ai pas été *ine* très *bonne* père pour ta *mame*, non *pli*. Toujours je pensais à Déborah et Leah mortes à Auschwitz. Toujours je pensais que moi aussi j'aurais dû mourir là-bas avec elles. Toujours je demandais pourquoi Dieu a laissé mourir elles et pas moi ? Si ta *mame* est partie, c'est à cause de ça, je crois. Toujours je pensais à ma fille morte et jamais à la vivante. Je vivais toujours en regardant derrière moi, *ti* comprends ? Et ça ne sert à *riene*. Quand j'ai vu

toi à l'aéroport, j'ai reçu choc. *Ti* étais comme ma fille morte. Alors, j'ai pensé, il faut pas que je l'aime trop parce que sinon on va me la prendre aussi. Regarde, Leah, ton cœur il est là, sous mon oreiller, Je m'endors tous les soirs *sir* lui. J'aurais dû te dire merci, mais je n'ai pas pu. Je te demande *pardonne*, Leahlé ! *Ti* sais, je n'ai pas eu *ine* vie très heureuse. Beaucoup de malheurs, beaucoup ! Beaucoup de vallées de larmes traversées ! Et puis le cœur sec, soudain. Et *dir*, très *dir*. Puis, *ine* autre *pitite* fille est arrivée dans ma vie. *Ine pitite* fille qui m'a changé le cœur...
Grand-père m'a serrée dans ses bras, laissant ses larmes couler sur mes cheveux.
Nous restâmes encore un long moment, assis sur son lit, silencieux.

Auschwitz

12

L'HISTOIRE DE GRAND-PÈRE

Le lendemain, nous sommes retournés ensemble à la synagogue. Une fois arrivés, je dus le quitter pour rejoindre le balcon réservé aux femmes. Pour la première fois de ma vie, j'aurais voulu être un garçon pour porter moi aussi le châle et pouvoir prier à ses côtés. Pendant toute la durée de l'office, je n'ai pu détacher de lui mon regard. De temps en temps, il levait la tête vers le balcon des femmes et me faisait un clin d'œil ou un signe de la main. À la fin des prières, il nous réunit, papa, maman et moi sous son châle pour nous donner sa bénédiction.
C'est ce soir-là qu'il m'a raconté son histoire. Sa vie en Pologne dans cette petite bourgade dont son père était le rabbin. Il m'a parlé de l'antisémitisme et des pogroms qui l'avaient fait fuir

vers des cieux plus accueillants. Son arrivée en France, les années de misère, ses efforts pour s'adapter à une nouvelle vie, si différente de celle qu'il menait en Pologne. Et son bonheur, enfin, quand il fit la connaissance de Deborah qui allait devenir sa femme.

— Quand je suis arrivé en France, je ne parlais pas un mot de français. Tsiporah et Deborah donnaient des cours bénévolement aux nouveaux arrivés, comme moi. C'est à ces cours-là que nous nous sommes *connis* Salomon Tenenboïm, Jacob Kahn, Tsiporah, Deborah et moi. On est *devenis* des amis, *pis* Isaac Sherman a rejoint notre bande. On était toujours tous ensemble. Tsiporah a épousé Jacob et moi Deborah. Regarde-la, Leahlé, *ti* vois comme elle était belle et toujours souriante, toujours elle chantait et elle riait. Et on a eu Leahlé. Quand elle est née, j'étais si fier ! Si fier d'avoir *ine pitite* fille française ! Je me suis dit : maintenant, j'oublie la Pologne, c'est fini ! *Mone* pays c'est ici, la France. Leah et Deborah étaient françaises, et moi aussi je voulais le devenir. Mais ce jour n'est pas *veni*. C'est *ine* autre jour qui est *veni*, le 16 juillet 1942 au petit matin, quand les policiers sont *venis* à la *maisone* pour nous arrêter.

Grand-père me raconta qu'après quelques jours passés à Drancy qui servait de camp de transit, il y eut le départ pour Auschwitz dans un wagon à bestiaux. Plusieurs jours sans manger et sans boire. Dès leur arrivée, il fut séparé de Deborah et de Leah. Jamais plus il ne les revit. Dans sa mémoire se déroule toujours la même scène : Deborah tenant dans ses bras la petite Leah qui lui sourit en levant une dernière fois la main. S'il a supporté la faim, le froid, les coups, les tortures, les sévices, le travail forcé, la promiscuité et les humiliations, c'était parce qu'il voulait vivre, survivre pour elles. Et il survécut, mais pas elles. Il a su un peu plus tard qu'elles avaient été assassinées dans la chambre à gaz, le jour même de leur arrivée. Il crut en devenir fou.
Après la guerre, il décida de quitter la France pour les États-Unis, pour essayer d'oublier. Il voulait tourner la page, partir le plus loin possible. Quelque temps après son arrivée en Amérique, on lui présenta Sarah, une jeune fille juive américaine. Il ne désirait pas se remarier. Il avait l'impression que ce serait une sorte de trahison, mais il était jeune encore et il finit par se dire que ce serait une revanche sur ceux qui voulaient décimer le peuple juif. Il épousa Sarah

et ils eurent une fille qu'ils appelèrent Deborah, en souvenir de sa première épouse. C'était maman. Il aurait préféré avoir un fils alors, ç'aurait été plus facile. Malgré tous ses efforts, il ne parvenait pas à oublier la petite Leah morte dans les camps. Pourtant, maman ne lui ressemblait pas du tout, c'était une autre petite fille, c'était une autre vie, mais à chaque fois qu'il la regardait, il ne pouvait s'empêcher de penser à son enfant perdue.
S'il avait décidé de ne jamais parler à quiconque de ce qu'il avait vécu, il ne se passait de jour sans qu'il y pensât. Tout ce qui lui restait d'elles c'était cette photo prise avant la guerre, au temps où ils étaient heureux. Il devint renfermé et taciturne. Il savait bien que son entourage en souffrait, mais c'était plus fort que lui.
C'était ça, l'histoire de mon grand-père. C'était ça, le secret qu'il refusait de partager. C'était son histoire et celle de millions d'autres durant cette Deuxième Guerre mondiale. Une histoire dont il portait encore les meurtrissures. Une histoire gravée à l'encre bleue sur son bras.
Il pleurait en me la racontant et sans cesse il disait :
— C'est la première fois que je parle de tout ça,

Leah. Ça me fait mal et *biene* à la fois. J'avais toujours *ine* boule au cœur et à la gorge. Maintenant c'est fini, j'ai plus mal.
Moi aussi je pleurai beaucoup en l'écoutant, tout comme je pleure en racontant cette histoire aujourd'hui.

Juif
truong

13

Rien d'autre que le chant des oiseaux

À l'occasion de ma bat-mitsvah[1], j'eus droit à la plus merveilleuse des fêtes. Papa et maman y avaient convié tout ce que nous comptions d'amis et relations. J'avais tenu à rédiger toute seule et en secret le petit discours qu'il est coutume de tenir à la synagogue. Je m'étais entraînée à le dire sans le lire afin de pouvoir regarder chacune des personnes auxquelles je m'adressais : papa, maman et bien sûr Grand-père qui, debout, drapé de son châle de prières, droit et fier, me fixait de ses grands yeux bleus. Comme il était loin, le grand-père grincheux et tyrannique que nous avions accueilli deux ans plus tôt.

---

1. Bat-mitsvah, à douze ans pour une fille, ou bar-mitsvah à treize ans pour un garçon : cérémonies marquant la majorité religieuse.

Ce soir-là, il m'offrit un petit journal intime à couverture de cuir vert.

Dans les mois qui suivirent, je l'entraînai dans un véritable tourbillon. Ensemble nous parcourûmes Paris en tous sens. Cinémas, théâtres, musées, fêtes foraines, je l'emmenais partout, lui laissant à peine le temps de souffler.
Nous continuions à aller régulièrement aux Buttes-Chaumont. Il m'avait expliqué que c'était leur lieu favori de promenades, autrefois, avec Deborah et Leah. S'y rendre était devenu une sorte de pèlerinage. C'est là qu'il se recueillait puisqu'il n'avait pas d'autre endroit pour le faire, ni tombe ni cimetière. Nous ne manquions donc jamais de faire une halte sur « leur » banc. Grand-père disait :
— Ferme les yeux, Leahlé, et écoute comme elles rient, écoute comme elles sont heureuses !
Et moi, je n'entendais rien d'autre que le chant des oiseaux.
Il me dit un jour :
— Leah, *ti* passes trop de temps avec moi ! Il faut que *ti* sortes avec des filles et des garçons de *tone* âge.
— Mais c'est avec toi que j'aime sortir.
— *Ti* n'as pas d'amoureux ?

truong

— Non, c'est toi mon amoureux !
— Mais moi je *svis ine* vieil homme. *Ti* es très belle, Leahlé. *Ti* dois avoir *ine* amoureux. Et Samuel, ce n'est pas ton amoureux ?
— Non, Grand-père, c'est pas mon amoureux. C'est mon meilleur ami.
— Il est *bel* gosse, hein ? Moi, je trouve que tu devrais faire *ine party*, à la *maisone*. *Ti* n'as jamais fait de *party* à la *maisone* depuis que je *svis* là !
— Mais j'ai fait ma bat-mitsvah il n'y a pas très longtemps !
— C'est pas la même chose. Je veux que *ti* invites tes amis, ici !

Ainsi fut donc fait mais, à ma grande surprise, Grand-père semblait avoir la ferme intention de rester et de participer à ma petite fête.
— Tu ne penses pas que ce serait mieux si tu passais l'après-midi avec tes amis ? lui proposa maman, venant à mon secours.
— Et qui va surveiller la *pitite* ? Non, non, je préfère rester à la *maisone*, mais je ne sortirai pas de *mone* chambre, c'est promis. Je ferai pas de bruit. Je serai comme *ine pitite* souris, elle n'entendra même pas moi, répondit-il de son air le plus angélique.

Il s'installa dans l'entrée, prétextant qu'avec la musique je n'entendrais pas la sonnette. C'était donc lui qui ouvrait la porte à mes invités, les dévisageant d'un œil critique, leur demandant leur nom, leur âge, la situation de leurs parents et s'ils étaient juifs ! Je dus le renvoyer dans sa chambre à plusieurs reprises. Mais il revenait à chaque fois à la charge :

— Il n'y a pas beaucoup d'ambiance ici ! Et pourquoi vous restez dans le noir ? Vous n'avez même pas l'air de vous amuser.

— Mais si, Grand-père, on s'amuse. Il fait noir parce que c'est mieux pour danser. Et puis, tu intimides mes copains, tu ne veux pas nous laisser ?

Finalement, devant son air de chien battu, je fus bien obligée de céder : il s'installa au salon, ravi. Inutile de dire que personne n'avait plus envie de danser. Il se mit alors à raconter ses histoires drôles et tout le monde fit cercle autour de lui. Mes amis me confièrent par la suite que j'avais le grand-père le plus génial de la terre. Mais ça, je le savais déjà !

Grand-père déclara un soir, au dîner, que mon éducation ne serait jamais complète si je ne jouais pas d'un instrument de musique. Le lendemain, il rentra à la maison avec un superbe violon. Il fit venir un professeur particulier et assista à tous les cours. J'avais beau y mettre tout mon cœur, j'étais incapable de sortir le moindre son harmonieux de cet instrument. Lorsque mon professeur lui expliqua qu'il valait mieux abandonner parce que je n'avais aucun talent, il le congédia en hurlant qu'il ne connaissait rien à la virtuosité.

Opiniâtre, il vendit le violon et le remplaça par un piano. J'eus droit à un autre prof de musique qui, patiemment, passa des heures à tenter de m'apprendre la différence entre un *do* et un *la*. Au bout de quelques mois, Grand-père dut se rendre à l'évidence. Sa petite-fille ne serait jamais une grande pianiste.

Ensuite, il exigea que je prenne des cours de karaté pour pouvoir me défendre en cas de danger. Là aussi, il assista aux séances, se levant à tout bout de champ, critiquant sans cesse le professeur, injuriant mes adversaires lorsque ceux-ci semblaient me malmener. Finalement, nous fûmes poliment priés de prendre la porte et de ne plus jamais revenir.

Mais le comble fut sans nul doute quand il décida de m'enseigner le yiddish.

— Mais, Grand-père, à quoi cela me servirait ? Plus personne ne parle le yiddish ! C'est une langue presque morte, le yiddish !
— Morte ? Et moi, je *svis* peut-être presque mort aussi ? *Ti* as déjà entendu parler d'Isaac Bashevis Singer ? Il a eu le prix Nobel de littérature pour ses livres écrits en yiddish !
— Peut-être, Grand-père, mais ses livres ont été traduits en français !
Il s'entêta et, tous les soirs, pendant une demi-heure, j'eus droit à un cours en bonne et due forme ! Heureusement, cela ressemblait à l'allemand. Le problème, c'est qu'au cours d'allemand, je me mis à parler au prof en yiddish !

14

PREMIER VRAI CHAGRIN

J'éprouvai mon premier vrai chagrin le jour où M. Jacob nous annonça le décès de Tsiporah. « Elle est morte dans son sommeil », nous dit-il. Grand-père et moi avons pleuré dans les bras l'un de l'autre. Si j'avais tant de peine, c'était non pas seulement parce que j'adorais Tsiporah, mais aussi parce que je me rendis compte alors que cela pouvait arriver à Grand-père, un jour ou l'autre. Et ça, je ne pouvais l'admettre.

— Quel âge a Grand-père ? ai-je demandé à maman.

— Soixante-quinze ans, me répondit-elle.

— Il est en bonne santé, n'est-ce pas ?

— Excellente, ma chérie. Mais pourquoi ces questions ?

— Comme ça, pour savoir.

— Tu t'inquiètes pour Grand-père ?
— Oui, j'ai peur qu'il s'en aille un jour, comme Tsiporah.
— Nul n'est éternel, ma chérie. La vie est ainsi faite. Tout le monde doit partir. Mais rassure-toi, mon ange, Grand-père est solide, il a encore de belles années devant lui.
Les paroles de maman me rassurèrent en effet, et je chassai cette idée de mon esprit.

Nous allions désormais régulièrement à la synagogue. J'aimais cette grande bâtisse d'où s'échappait le perpétuel murmure des hommes en prière. J'en aimais l'ambiance chaleureuse, les lumières et les vitraux. Quand j'étais petite, j'avais le droit de rester en bas avec papa. Je m'installais à ses côtés et écoutais attentivement les prières en hébreu, passant de longs moments à admirer l'Arche de la Torah, l'armoire en boiserie sculptée qui abrite les saints rouleaux de la Loi. La synagogue n'est pas uniquement un lieu de prière. C'est aussi un lieu de rencontres. Les adultes s'y retrouvent entre eux, y échangent les dernières nouvelles, parlent de tout et de rien. Les enfants jouent dans la cour attenante tandis que les femmes papotent au balcon.

truong

— Tu sais, Leah, m'avoua un jour Grand-père, j'ai eu très peur, la première fois que *j'ai* retourné à la synagogue, de ne plus savoir prier. Cela faisait si longtemps ! Mais dès que j'ai ouvert le Livre, les mots sont revenus, tels que mon père les avait appris à moi et que son père les avait appris à lui. Elle était si belle, la synagogue de mon *shtetl*, mon petit village en Pologne. Une synagogue tout en bois où, en compagnie de mon père, je passais le plus clair de mon temps, à lire, à prier et à étudier. Le *shabbat*, le vendredi soir, et le samedi, ma mère, mon père, mes sœurs et moi mettions nos beaux vêtements et nous partions tous ensemble pour la synagogue. Tout le monde se connaissait au village ; en chemin, les gens s'interpellaient en riant, se souhaitaient *ine bonne shabbat* et *ine* bonne santé. Parfois aussi, les Polonais profitaient de ce jour, saint et béni entre tous pour nous les Juifs, pour faire leurs pogroms. Ils arrivaient, ivres et menaçants, à pied ou à cheval, et détruisaient tout sur leur passage, massacrant les gens, traînant les vieillards dans la boue par leur barbe, violant les femmes, brûlant les maisons et *biene* souvent la synagogue aussi. Puis, ils s'en allaient en riant, ne laissant derrière eux que les larmes, le malheur et la désolation.

— Pourquoi faisaient-ils ça ?
— Comme ça, pour le plaisir. Ils ne nous aimaient pas !
— Mais on ne tue pas pour la seule raison qu'on n'aime pas quelqu'un ! Il y a des lois, tout de même !
— En Pologne, pour les Juifs, il n'y avait pas de lois, pas de droits ! Juste celui de se taire et de pleurer.

Bien souvent, à la synagogue, Grand-père s'installait à côté de Samuel. Depuis l'arrivée de Grand-père, je l'avais un peu négligé et nous nous voyions moins qu'auparavant, même s'il me téléphonait très souvent. Je crois qu'il m'en voulait un peu de le laisser tomber.
Un vendredi soir, j'avais remarqué que Samuel et lui n'avaient cessé de bavarder pendant toute la durée de l'office. De temps en temps, ils levaient la tête vers le balcon, m'adressaient un sourire tout en continuant leur discussion.
De quoi pouvaient-ils bien parler ? Sur le chemin du retour, la langue me brûlait. À l'œil malicieux de Grand-père, je devinai qu'il attendait mes questions tout en prenant un malin plaisir à faire comme si de rien n'était.

— Allez, Grand-père, lui dis-je, n'y tenant plus, de quoi avez-vous parlé Samuel et toi ?
— De quoi *ti* veux qu'on parle ? Nous avons parlé de la pluie et du *mauvaise* temps, c'est tout. *Ti* trouves pas que le temps est *mauvaise*, Leahlé ?
— Si, bien sûr qu'il ne fait pas beau, mais on ne parle pas de la pluie et du beau temps pendant presque une heure !
— Nous avons parlé d'autres choses, aussi. *Ti* sais, il est très bien Samuel, c'est *ine gentille garçonne, intelligente*. Il me plaît bien à moi. Et à toi, Leahlé, est-ce qu'il te plaît, Samuel ?
— Grand-père, je t'ai déjà dit que Samuel n'est pas mon petit ami !
— Te fâche pas ! *Ti* sais *biene* que je plaisante. Mais *ti* veux que je te dise ce qu'il m'a dit, Samuel ?
— Oui, je veux bien.
— Il m'a dit que quand il aura fini ses études, il t'épousera !
— Il t'a dit ça ? m'exclamai-je, tandis que je sentais le rouge me monter aux joues.
— *Voï*, et *ti* sais ce que j'ai répondu à lui ?
— Grand-père, qu'est-ce que tu lui as répondu ?
— Je lui ai dit que j'étais d'accord ! *Mazel Tov*, Leah ! Bonne chance !

— Mais enfin, Grand-père, tu pouvais me demander mon avis !
— Pas besoin, je le connais moi, ton avis, répliqua-t-il, l'œil plus malicieux que jamais. Et je lui ai dit aussi que j'espère bien que je serai encore là à votre mariage. Alors dépêchez-vous un peu, Leahlé !
Ce n'est que bien plus tard que Samuel m'a rapporté exactement leur conversation.
— Tu sais, m'a-t-il avoué, j'avais l'impression de subir un véritable interrogatoire. Il voulait tout savoir : mes notes à l'école, mes matières préférées, ce que je comptais faire comme études, tout y est passé. Et pour finir, il m'a carrément demandé si j'avais l'intention de t'épouser, plus tard. J'étais vachement mal à l'aise. Il m'a quand même donné sa bénédiction, comme si j'étais venu demander ta main ! Je l'ai trouvé génial, Leah. Et il t'aimait tant !

Paris, le 15 novembre 1995

Cher, très cher Grand-père,

Il va m'être extrêmement pénible de raconter la fin de notre histoire. Une histoire que j'aurais voulu voir se prolonger à l'infini, une histoire que j'aurais voulue éternelle et qui fut en fait si courte.

Je ne sais plus qui a dit : « Un seul être vous manque et le monde entier semble dépeuplé. » C'est exactement ce que je ressens. Une absence immense.

Maintenant, c'est avec Samuel que je vais aux Buttes-Chaumont. Je lui ai montré notre banc. Nous nous y sommes assis et je lui ai dit :

« Ferme les yeux, Samuel, et écoute. »

Il a fermé les yeux un long moment puis il m'a demandé : « Dois-je entendre autre chose que le chant des oiseaux ? »

Je revois parfois tes amis. Ils ont tant de peine, eux aussi. Sans toi et Tsiporah, ils n'ont plus le goût à rien. M. Sherman m'a dit qu'il n'arrive pas à se faire à l'idée que peu à peu, les uns après les autres, s'éteignent tous les témoins du plus monstrueux crime commis contre l'humanité.

« Bientôt, tout cela fera partie de l'histoire, au même titre que la guerre de Cent Ans. Il sera alors trop tard pour témoigner, m'a-t-il dit. Donc, c'est à vous, les enfants, de perpétuer la mémoire. C'est vous qui devrez raconter à vos propres enfants ce que nous avons vécu. Et la mémoire se transmettra ainsi de génération en génération, de siècle en siècle. »

15

NOUS ÉTIONS SI HEUREUX

Nous étions si heureux tous les quatre ensemble que je pensais que ce bonheur allait durer éternellement. Depuis que maman m'avait rassurée sur l'état de santé de Grand-père, je ne me posais plus de questions. De plus, il semblait vraiment en excellente forme. Il n'était jamais le premier fatigué lors de nos longues promenades. Parfois, il m'arrivait de demander grâce, tant j'avais mal aux jambes et aux pieds, alors que lui prétendait pouvoir marcher des kilomètres encore. Je ne le vis jamais malade, jamais souffrant. Tout laissait à penser qu'il vivrait centenaire.
Alors, pourquoi a-t-il fallu que tout bascule d'un seul coup ?

C'était un mercredi. Nous avions projeté d'aller au cinéma. Grand-père devait venir me chercher au collège. Quand je ne le vis pas devant les grilles, je ne m'inquiétai pas outre mesure et je me dis qu'il avait probablement oublié notre rendez-vous. Mais lorsque, en arrivant à la maison, je l'ai trouvé allongé sur le canapé, le teint pâle, je me suis affolée.

— Ce n'est rien, Leahlé, *ine* peu de fatigue c'est tout. Je vieillis et je me sens très fatigué ces derniers temps.

— J'appelle maman, dis-je en me précipitant vers le téléphone.

— Non, c'est pas la peine. C'est juste que je suis fatigué. Je vais dormir et demain ça ira bien.

— Tu es sûr, Grand-père ? Tu veux que je te fasse une tisane ?

— Pouah ! *Ine* tisane ! J'ai jamais bu de tisane. C'est pour les malades, les tisanes.

— Un bol de soupe, alors ? Il en reste d'hier soir.

— Si *ti* veux, Leah, si ça te fait plaisir.

Mais Grand-père fut incapable d'avaler sa soupe. Il avait beau prétendre qu'il ne s'agissait là que d'un peu de fatigue, je pressentais que ce n'étais pas seulement ça. Il était évident qu'il souffrait. Inquiète, je décidai de prévenir maman, qui ren-

tra immédiatement. Entre-temps, Grand-père s'était endormi sur le canapé.
Maman croyait qu'il souffrait d'une légère indigestion et ne s'alarma pas davantage.
Elle lui fit une tisane qu'il absorba en grimaçant, puis se rendormit.
— Ne t'inquiète pas, ma chérie. Il ira mieux demain, je t'assure.
Pourtant, Grand-père fut malade toute la nuit. Je l'entendis gémir à plusieurs reprises.
Le lendemain, maman décida de faire venir le médecin. À l'heure du déjeuner, alors que je mangeais d'ordinaire à la cantine, je réussis à m'éclipser du collège sans me faire remarquer des surveillants et me précipitai à la maison.
Maman ne fut qu'à moitié étonnée de me voir.
— Leah, me dit-elle, cet après-midi, j'emmène Grand-père à l'hôpital pour lui faire passer quelques examens.
— Qu'a dit le médecin ?
— Rien, si ce n'est qu'il doit faire des analyses.
— Ils vont le garder, à l'hôpital ?
— Non, enfin je ne crois pas... Nous serons là ce soir, en principe, me répondit maman, l'air pas très sûre de ce qu'elle était en train de me dire.

En rentrant de l'école, ce soir-là, je trouvai un message de maman sur le répondeur. « Ma chérie, disait-elle, finalement, ils ont décidé de le garder quelques jours afin de procéder à tous les examens nécessaires. Papa et moi rentrerons tard ce soir. Ne nous attends pas pour dîner. Je te téléphonerai dans la soirée. »

Je fus incapable ni de goûter, ni de faire mes devoirs, ni de faire quoi que ce soit d'ailleurs, tant j'étais inquiète.

Quand le téléphone sonna enfin, je me jetai dessus. C'était Samuel qui venait aux nouvelles.

— Il est à l'hôpital, Sam !

— T'en fais pas, Leah. Ce n'est peut-être rien du tout, dit-il gentiment.

— Je ne sais pas. Il faut que je raccroche. Maman doit m'appeler.

Peu après, le téléphone sonna à nouveau. C'était maman, cette fois.

— Allô, Leah ?

— Maman, comment va-t-il ?

— Pas très bien, ma chérie. On doit lui faire une chimio. Il restera ici quelques jours, puis il rentrera à la maison.

— Une chimio ? C'est un cancer alors ? Mais, il va guérir n'est-ce pas ?

— …
— Maman ? Réponds-moi ! Il va guérir ?
Maman ne répondit pas et j'entendis un sanglot.
— Maman, quand est-ce que je pourrai le voir ?
— Dans quelques jours, quand il sera à la maison. Mais tu pourras lui parler au téléphone. Tiens, il me fait signe qu'il veut te parler maintenant. Je te le passe.
— Leahlé, ma petite Leahlé, dit-il d'une voix faible, ne t'inquiète pas pour moi. Je suis *biene* ici. Tout le monde est très *gentille*. Les infirmières sont jolies. Tout va *biene*, je t'assure.
— Grand-père, tu me manques. Laisse-toi bien soigner, d'accord ? Et reviens vite à la maison ! Je vais te faire un gâteau que maman t'apportera demain. Un bon gâteau au fromage, comme tu les aimes !
— Non, pas de gâteau, Leah. Je ne peux *riene* manger. Ils m'ont mis des *tviyaux* partout.
— Grand-père, je t'aime. Je t'embrasse. Dors bien !
— Bonne nuit, Leahlé !
Quand il revint à la maison, au bout de quelques jours, je le trouvai soudain vieilli, les traits marqués, le dos voûté. Il gardait le lit toute la journée, le regard perdu dans le vide. Je voyais

bien qu'il souffrait énormément. Je ne pouvais m'empêcher de penser au décès de Tsiporah. J'avais peur. Si peur.

— Leah, il faut que tu te dépêches pour épouser Samuel. Je ne sais pas si je tiendrai jusque-là, me dit-il un soir, trouvant encore la force de plaisanter.

— Ne dis pas de bêtises, Grand-père ! Non seulement tu assisteras à mon mariage, mais aussi à celui de mes enfants, lui répondis-je la gorge nouée.

— Non, Leahlé ! Mais ce sera déjà très bien si je suis à *tone* mariage.

Durant les semaines qui suivirent, il fit ainsi plusieurs allers-retours entre l'hôpital et la maison. Il en revenait à chaque fois un peu plus maigre et un peu plus faible. Puis, il resta définitivement à la maison. Plusieurs infirmières se relayèrent à son chevet. Il semblait perdre des forces de jour en jour, dormant la plupart du temps. Je guettais ses réveils pour pouvoir lui parler un peu. Il n'y avait plus que moi qui parlais. Lui se contentait de hocher vaguement la tête. Il tentait de sourire quelquefois, mais ses sourires avaient triste allure tant il souffrait.

Un soir, papa me dit que Grand-père ne resterait plus très longtemps parmi nous. Je ne comprenais pas ce qu'il essayait de me dire. De quel départ parlait-il ? Il n'était pas question que Grand-père s'en aille alors qu'il était si malade.
Je refusais de voir la vérité.
— Leah, je veux dire que ton grand-père est mourant.
— Grand-père, mourant ? Mais ce n'est pas possible, papa ! Il ne peut pas mourir !
Je passai la nuit à pleurer, étouffant mes larmes dans mon oreiller. Tout s'écroulait si brutalement.
Il partait, me laissant seule avec mon chagrin. Abandonnée.
Le lendemain matin, j'annonçai à papa et maman que je n'irais pas à l'école. « Je resterai auprès de lui, leur dis-je, jusqu'à la fin. Je ne me pardonnerais pas si... il partait alors que je suis à l'école. »
Ils ne purent rien contre ma décision. Je m'installai à son chevet, lui tenant la main, espérant ainsi lui insuffler mes forces.
— Grand-père, je t'en prie ! Ne pars pas ! Bats-toi ! J'ai tant besoin de toi ! N'oublie pas que tu m'as promis d'assister à mon mariage !

— Me battre, Leah ? me répondit-il dans un souffle. Tu crois que je me suis pas assez *batti* dans ma vie ? Je suis fatigué, Leahlé. Il est temps que je parte. Mais je te laisse pas tomber. Je continuerai à te surveiller de là-haut. Je te promets, Leahlé, je serai toujours là.

Ce furent ses derniers mots. Le soir même, il plongea dans une sorte de coma qui dura trois jours, puis il s'éteignit sans avoir repris connaissance.
On l'enterra dès le lendemain. Pendant sept jours, nous sommes restés à la maison, sans sortir, selon notre rite.
Ensuite, il fallut continuer à vivre, sans lui. Et la vie sans lui ce n'était plus vraiment la vie. J'ai repris le chemin de l'école, papa et maman celui de leur travail. Nous étions à nouveau trois et chacun de nous se sentait orphelin. Nous nous sentions à jamais imprégnés de son passage dans notre vie.
Puis, un soir, en rentrant de l'école, je me suis souvenue du journal qu'il m'avait offert et que je gardais dans le tiroir de mon bureau. Alors, je l'ai pris et j'en ai caressé la couverture de cuir vert. En tournant la minuscule clé dans la

serrure, j'ai entendu le léger déclic qui deviendrait le signal de nos rendez-vous. Puis, j'ai trouvé la lettre. Quand l'avait-il écrite et déposée ? Elle n'était pas datée, pourtant il savait déjà à ce moment-là qu'il ne tarderait pas à partir.

Chère Leahlé

ces biento fini. Je sai que je va mourir. Je sai que ti va bocou pleuré. Mai ti grandira, ti va te marié un jour avec Samuel. Il me plai biene Samuel. Je serai pas à ton mariage comme j'ai promis. Je suis désolé. Tu oras des anfans, ti leur parlera de ton gran père qui étai si méchant avec toi. J'ai peutaitre oublié de dire a toi que je taime. Alor je te di maintenant avont qui soi tro tar. Je taime, Leahlé ! Tu a donné le solail a mes dernié jours. Soi bien sage Leah avec tes parens. Soi ine bonne fille e ine bonne élève. Je veux que ti gardes toujours la photo de Deborah, Leah et moi. Et quan tu sera istorienne, raconte à tout le monde l'histoire de Deborah, de Leah, et de tous les autres.

Ton grand père,
Alex Katz

Paris, le 25 novembre 1995

Cher, très cher Grand-père,

À présent que voilà mon récit terminé, je me sens affreusement seule.

Je n'arrive pas encore à me faire à l'idée que je doive continuer ma route sans toi, sans ma main serrée dans la tienne, sans ton regard bleu posé sur moi. J'ai mal, Grand-père, si mal de ton absence.

Je vais très souvent te rendre visite au cimetière. Chaque fois que je trouve un joli caillou, je le ramasse pour le déposer sur ta tombe, comme c'est la tradition. C'est tout ce que je peux faire pour toi, désormais. Si je compare à tout ce que tu m'as donné, toi, c'est si peu de choses.

Il ne m'a fallu que quelques pages pour contenir nos longs mois de bonheur, mais chacune d'elles m'a permis d'y voir plus clair et de mieux comprendre les choses et les gens. Je suis bien loin désormais de la petite Leah d'avant, capricieuse, gâtée et intolérante.

Si tout cela fut possible, c'est grâce à toi. Et je t'en remercie, cher, très cher Grand-père.

Je t'embrasse

Je t'aime, Grand-père !

Ta LEAH

TABLE DES CHAPITRES

Yaël Hassan a reçu nombre de prix prestigieux pour ce roman qui fut son premier titre pour la jeunesse. Depuis, elle enchaîne les succès et les rencontres chaleureuses avec ses lecteurs. Si l'écriture lui est indispensable, c'est qu'elle aime faire partager à travers ses livres ses questionnements, ses indignations et ses émotions. *Un grand-père tombé du ciel* est l'un de ses douze titres publiés aux éditions Casterman.

DU MÊME AUTEUR

Aux éditions Casterman

UN GRAND-PÈRE TOMBÉ DU CIEL
Prix du roman jeunesse 1996
Prix Sorcières 1998
Grand Prix des jeunes lecteurs de la PEEP 1998
Prix des Mange-livres de Carpentras 1999
Prix du premier roman de Châlons-sur-Marne 1999

MANON ET MAMINA
Prix jeunesse de la ville de la Garde 2000
Prix Chronos Suisse 2000

QUAND ANNA RIAIT
Prix des écoliers de Rillieux-la-Pape 2001
Prix Tatoulu 2001
Prix du roman de Mantes-la-Jolie 2001
Prix de la ville de Lavelanet 2001

LE PROFESSEUR DE MUSIQUE
Prix Chronos Suisse 2001
Prix Saint-Exupéry 2001
Prix Chronos Littérature de Jeunesse 2002

UN JOUR, UN JULES M'AIMERA
Prix Julie des lectrices 2002
Prix de Beaugency 2002

LETTRES À DOLLY

DE L'AUTRE CÔTÉ DU MUR
Prix du Salon du livre de Limoges 2003

L'AMI

TANT QUE LA TERRE PLEURERA...

LA CHÂTAIGNERAIE

collection « Des enfants dans l'Histoire »
À PARIS SOUS L'OCCUPATION

COLLECTION COMME LA VIE

JUNIOR / DÈS 10 ANS

Claude Carré
LES MILLE ET DEUX NUITS

Jean-François Chabas
LA DEUXIÈME NAISSANCE
DE KEITA TELLI
TRÈFLE D'OR
LES FRONTIÈRES
LES HERMINES
CIRCÉ

Hervé Debry
LETTRES À QUI VOUS SAVEZ
Prix du livre de Metz 2000
Prix Ruralives du Pas-de-Calais 2001
Prix Aprébatie du Pas-de-Calais 2001
Prix Jeunes Lecteurs des Sables-d'Olonne 2001
Prix littéraire des Montagnes d'Auvergnes 2001
Prix Coup de cœur de Bruxelles 2002
Prix festival du livre d'Annemasse 2002

Yaël Hassan
UN GRAND-PÈRE TOMBÉ DU CIEL
Prix du Roman jeunesse 1996
Prix Sorcières 1998
Grand Prix des jeunes lecteurs de la PEEP 1998
Prix de la première œuvre, CDDP de la Marne 1999
Prix Mange-Livres de Carpentras 1999
QUAND ANNA RIAIT
Prix des écoliers de Rillieux-la-Pape 2001
Prix Tatoulu 2001
Prix du roman de Mantes-la-Jolie 2001
Prix de la ville de Lavelanet 2001
MANON ET MAMINA
Prix du Livre jeunesse de La Garde 2000
Prix Chronos Suisse 2000
LE PROFESSEUR DE MUSIQUE
Prix Chronos Suisse 2001
Prix Saint-Exupéry 2001
Prix Chronos de littérature pour la jeunesse 2002
UN JOUR, UN JULES M'AIMERA
Prix Julie des lectrices 2002
Prix Salon du livre de Beaugency 2002
LETTRES À DOLLY
DE L'AUTRE CÔTÉ DU MUR
Prix du Salon du livre de Limoges 2003
L'AMI
TANT QUE LA TERRE PLEURERA...

Felice Holman
LE ROBINSON DU MÉTRO
Prix Lewis Carroll 1978

Sylvaine Jaoui
JULIA SE TROUVE TROP GROSSE
JE VEUX CHANGER DE SŒUR !
Prix des écoliers de Rillieux-la-Pape 2004

Françoise Jay d'Albon
LE CHOIX DE THÉO

Ulrike Kuckero
LE JOUR OÙ J'AI CHERCHÉ MON PÈRE

Rose-Claire Labalestra
LE CHANT DE L'HIRONDELLE
Prix du Roman jeunesse 1999
Prix Chonos suisse 2002
Prix Échappée Livres, Annecy 2002

Roland Lamarre
UN SCÉNARIO BÉTON
LE STOPPEUR

Marie-Chantal Long
MA VIE À L'ENDROIT

Claire Mazard
MAMAN, LES P'TITS BATEAUX
Prix Tatoulu 2000
Coup de cœur au Prix Ado, Rennes 2000

Aline Méchin
DANS LA PEAU D'UNE FILLE

Stéphane Méliade
MA SŒUR EN NOIR ET BLANC

Laurence Pain
L'INCONNU DU BLOCKHAUS

Joseph Périgot
GOSSE DE RICHE !
TROP AMOUREUX !

Sandrine Pernusch
UNE ANNÉE TOURBILLON

Annika Thor
LE JEU DE LA VÉRITÉ
Prix August de littérature de jeunesse, Stockholm

Jean-Louis Viot
LES CENT MILLE BRIQUES
Prix littérature Jeunesse de Chécy 2002-2003

Colette Vivier
LA MAISON DES PETITS BONHEURS
LA PORTE OUVERTE
LA MAISON DES QUATRE-VENTS